L'ANDRIENNE,

COMÉDIE,

EN CINQ ACTES,

NOUVELLEMENT

MISE EN VERS LIBRES,

Par M. COLLÉ, Lecteur de S. A. S. Monseigneur le Duc d'Orléans, premier Prince du Sang.

Prix, trente sols.

A PARIS,

Chez GUEFFIER, fils, rue de la Harpe, vis-à-vis la rue S. Severin, à la Liberté.

M. DCC. LXIX.

Avec Approbation, & Privilége du Roi.

PRÉFACE.

» *Malheureux ! laiſſe en paix ton cheval vieilliſſant,*
» *De peur que, tout-a-coup, efflanqué, ſans haleine,*
» *Il ne laiſſe, en tombant, ſon Maître ſur l'arène.*

CES Vers de Deſpréaux ſont, pour les Ecrivains qui avancent en âge, le dernier & le ſeul des préceptes de ſa Poëtique, qui leur reſte encore à pratiquer.

Tous nos Auteurs en ſont demeurés d'accord; aucun d'eux ne l'a obſervé; &, Deſpréaux, lui-même, qui a fait ces Vers, n'a pas trop rempli le précepte qu'ils contenoient.

Paſſons quelque choſe à la foibleſſe de l'humanité. L'habitude, que, dans la jeuneſſe, l'on s'eſt faite d'un travail continu; la néceſſité, où l'on ſe trouve, plus que jamais, dans la vieilleſſe, de ſe chercher une occupation dans ſon Cabinet, où l'on eſt forcé de ſe retirer, par la raiſon que les hommes plaiſent moins, quand on ne leur plaît plus du tout; ces motifs, & bien d'autres, que l'on ne s'avoue pas, ſont communément la cauſe des ouvrages froids & languiſſants, qui échappent aux Poëtes, lorſqu'ils ſont preſqu'arrivés à la fin de leur carriére.

Cependant, en convenant de bonne foi, qu'aux aproches de la vieilleſſe, l'imagination s'affoiblit & tombe; qu'il n'eſt plus poſſible de *rien inventer, de rien créer;* & qu'alors, ce que l'on ſe perſuade avoir imaginé *de nouveau*, n'eſt preſque toujours, *rien moins que neuf*; dans ce cas-là, pour-tant, ſeroit-ce trop ſe flatter encore, que de ſe croire capable d'un genre d'Ouvrage, dans lequel l'imagination ſeroit peu néceſſaire; & qui n'exigeroit que la maturité du jugement, un goût exercé, & quelques reſtes de chaleur?

Si cette idée n'eſt point une illuſion; ſi elle eſt fondée ſur la vérité; &, ſi cette même idée n'eſt point un piége, que l'amour-propre tend ſourdement, & ſans que je m'en apperçoive, à ma raiſon, qui peut-être s'affoiblit au commencement du déclin de ma vie; ſi, enfin, je ne m'abuſe pas, ſans le vouloir, pourra-t-on m'accuſer de préſomption, lorſque l'on verra que je me rends exactement juſtice ſur *les Ouvrages d'imagination*; que je renonce à faire *des Piéces de Théâtre nouvelles*; & que je borne, (j'oſe dire modestement,) mon travail à refondre, & à récrire quelques anciennes Comédies, dont le fond est excellent; mais qui péchent par la vétusté, quelques légers défauts dans les caractéres & dans le stile; & par quelques autres négligences?

Telle est *la Comédie de l'Andrienne*, que je risque de présenter aujourd'hui au Public, sous une nouvelle forme, quoique le fond en soit absolument le même.

Si l'on applaudit à cet essai, j'étendrai mon travail sur d'autres anciennes Comédies; & content de trouver de quoi m'amuser chez moi, je le serai davantage d'avoir pû, & de pouvoir encore, pendant quelques années, être de quelqu'utilité au Théâtre, que j'ai toujours aimé.

NOMS DES PERSONNAGES.

SIMON, *Citoïen d'Athènes, pere de Pamphile.*

PAMPHILE, *fils de Simon, amoureux de Glycérie.*

GLYCÉRIE, *Etrangére inconnue, amante de Pamphile; & reconnue à la fin pour la fille de Chrémès.*

CHRÉMES, *Citoïen d'Athènes, pere de Philuméne & de Glycérie.*

CARIN, *jeune Citoïen d'Athènes, amoureux de Philuméne.*

CRITON, *Citoïen d'Andros, ami de Chrémès.*

DAVE, *Esclave de Simon, au service de Pamphile.*

SOSIE, *autre Esclave de Simon.*

DROMON, *autre Esclave de Simon.*

BIRRHIE, *Esclave de Carin.*

MYSIS, *Esclave de Glycérie.*

ARQUILLIS, *autre Esclave de Glycérie, personnage muet.*

La Scène est à Athènes dans une Place publique, où est située la maison de Simon.

ACTE PREMIER.

SCENE PREMIERE.

SIMON, *tenant en sa main un livre.*
DROMON, *portant un gros paquet de livres.*
SOSIE, *près de Simon, & plus avancé que Dromon.*

SIMON, *parlant à Dromon.*

A MA Bibliothéque, allez, Dromon ; — placez
Ces livres ; ce Platon, près de mon Démosthénes ;

Il donne le livre, qu'il tient à Dromon, qui se retire.

à Sosie.

A très-haut prix, ils ont été poussés ;
Au poids de l'or, tout se vend dans Athènes ;
Mais, ces livres si chers, ne le sont point assez.
S'ils fixent, de mon fils, les mœurs, trop incertaines.
Et, sur ce fils, Sosie, écoute-moi,
Ecoute un pere, un Maître, à qui ta foi ;

Ta prudence, tes bonnes vües,
Et ta discrétion, dès long-tems sont connues.

SOSIE, *l'interrompant.*

Mon cher Patron, je fais ce que je doi,
Ce que je puis, pour reconnaître
Les bienfaits d'un aussi bon maître.
Je tiens de vous ma liberté :
Vous m'avez affranchi ; mais, votre humanité
M'avoit déja, dans l'esclavage,
Fait oublier les fers où j'étois arrêté.

SIMON.

Ne m'en parle pas davantage.

(*Il regarde autour de lui, si l'on ne l'écoute pas.*)

Nous sommes seuls ici, bon ! — Sois d'abord instruit,
Que ce bruit, qu'on répand par-tout, n'est qu'un faux bruit :
Le mariage de Pamphile,
De mon fils, pour lequel tu connois mon amour,
N'est qu'un moyen adroit ; n'est qu'une feinte utile, ...

SOSIE *l'interrompant.*

Quoi ! cet himen, qui fait la nouvelle du jour,
Que l'on publie en cette Ville ;
Dont enfin l'on dit qu'à grands frais,
Vous ordonnerez les aprêts ;
Quoi ! tout cela n'est qu'une fable ?

SIMON.

Oui ! c'en est une véritable !
C'est un faux bruit, te dis-je, & que je seme exprès
Pour ramener mon fils à ses vrais intérêts.

SOSIE.

Comment cela ?

SIMON.

Tu vas l'entendre :
Mon fils, dès l'âge le plus tendre,
Fit espérer beaucoup de ses talens naissants ;
Il nous montroit de l'esprit & du sens.
Remplissant ses devoirs avec exactitude ;
Se livrant par goût à l'étude,
On le citoit à tous nos jeunes gens. —
Pour servir ses amis, tu sçais sa promptitude,
Tu connois ses soins obligeants ;
Dans le Peuple, il secourt, prévient les indigents ;
Son cœur s'est fait du bien une douce habitude.

SOSIE.

Quelle est donc votre inquiétude ?
Et si vous lui voyez ces inclinations,
Que craigniez-vous ?

SIMON.

J'ai craint l'âge des passions ;
Et leur délire, & leur ivresse ; . . . .
Que difficilement l'on contient la jeunesse ! —
Alors qu'il eût vingt ans, m'étant fait une loi
De le faire connoître, & de le laisser vivre
Dans le grand monde, libre, & sur sa bonne foi ;
A son insçû, je l'ai pourtant fait suivre,
Dans les sociétés, auxquelles il se livre. —
L'on m'en rendoit le compte, le meilleur :
Vif, sans être étourdi ; gai, sans être railleur ;
Galant, sans faire l'agréable ;
Et sans excès, convive aimable ;
L'on voit en lui, me disoit-on,
Un air décent, un fort-bon ton ;

S'insinuant doucement dans les ames,
L'on m'ajoutoit, que nos honnêtes femmes,
De plus en plus, le trouvoient à leur gré;
Enfin, par-tout il étoit adoré.

SOSIE.

Je ne vois point encor là de sujets de plaintes.

SIMON.

Oh! voici l'objet de mes craintes,
J'y viens;.... après m'être étendu
Sur ses perfections, plus que je n'aurois dû. —
Je ne sçais depuis quand une femme Andrienne
Vint prendre une maison vis-à-vis de la mienne;
Sans parens, sans amis, peu riche : c'est ainsi,
Qu'elle nous vint d'Andros, pour se fixer ici :
Elle étoit jeune, encor, jolie,.....

SOSIE *l'interrompant.*

Et peu sévère,
Sans doute? — Car chez nous, cet usage qui rend
Inégal & déshonorant,
Tout mariage avec une étrangére,
Fait que, n'espérant pas de s'y bien établir,
Elle finit toujours par la galanterie;
Par se perdre, & par s'avilir.

SIMON.

Non, non, Chrysis & sa sœur Glycérie,
(Ce sont les noms de ces deux femmes-là;)
N'ont point vécu comme cela. —
Par deux de mes amis, de fort près observées;
Ces gens-là, très enclins à juger tout en mal,
M'en ont dit un bien sans égal;
Ces mortels défiants les ont toujours trouvées
Sages, modestes, réservées;

M'ont vanté leur esprit, leurs ames élevées. —
D'autre part, j'apprenois que mon fils, peu touché,
A la plus jeune étoit foiblement attaché...
Foiblement?... foiblement?... Oh! j'ai vû le contraire!

SOSIE.

Quoi! vû?... quelque hazard a donc fait éclater....

SIMON *l'interrompant.*

Attends! je vais te conter.
D'un amour foible ou non, cherchant à le distraire,
Un beau matin, je vais trouver Chrémès,
Lui demande sa fille;... Oh! je vous la promets,
Me répond-il, d'une façon civile;
Et nous arrêtons tout pour l'himen de Pamphile.

SOSIE.

Eh! qui pût retarder?...

SIMON *l'interrompant.*

Un fâcheux incident:
Quand je ne m'occupois qu'à presser l'himénée,
Qui devoit enchaîner cet Amant imprudent,
Chrysis meurt. — Cette femme étoit la sœur aînée
De Glycérie. — A cette mort,
Je vois mon fils tomber d'abord,
Dans la plus profonde tristesse,
Dans un trouble prodigieux;
Des larmes tomboient de ses yeux;
Et, comme j'ignorois l'excès de sa tendresse
Pour la Divinité, qu'il servoit en ces lieux,
De la meilleure foi, je crus alors possible,
Que sa tristesse vint d'un cœur tendre & sensible.
Je me disois: puisqu'il verse des pleurs

Pour Chryſis, qu'il ne connoît guère,
Quelles ſeroient donc ſes douleurs,
S'il venoit à perdre ſon pere?

d'un ton dur.

Il en mourroit. — Je me flattois.

SOSIE *vivement.*

Non. Votre fils vous aime, eſt tendre, a des entrailles...

SIMON *troublé, & l'interrompant.*

Je ne ſçais plus où j'en étois.

SOSIE.

A la mort de Chryſis.

SIMON.

Oui! comme j'aſſiſtois
Sans mot dire à ſes funérailles;
Me mêlant dans la foule, & me cachant exprès,
Pour obſerver mon fils de près;
Nous marchons, nous ſuivons ces funèbres apprêts...
Pluſieurs femmes pleuroient; mais, ſur-tout une blonde me parut....

SOSIE *l'interrompant.*

Belle?

SIMON *d'un air chagrin.*

Hélas! la plus belle du monde!
Un air noble, & plein de candeur!
Ses yeux, où regnoit la pudeur,
Portoient l'impreſſion d'une douleur profonde;
Mais, bien loin d'altérer ſes traits,
Cette douleur touchante, augmentoit ſes attraits.
L'on arrive au bucher. Là, ſuivant la coutume,

On y place le corps, & la flâme s'allume;
Quand cette Belle, en pleurs, en ces tristes momens
Poussant de longs gémissemens,
S'élance vers ce corps, que la flâme dévore,
Veut le saisir; veut embrasser, encore,
Cet objet, dont la vue ajoute à ses tourmens.

SOSIE.

C'étoit, sans doute Glycérie?

SIMON.

Oui, c'étoit elle; &, que suivoit mon fils,
Qui vole, alors, parmi les cris
D'une multitude attendrie;
Et qui confondant leurs esprits
Par son audace;... &, subjuguant leurs ames
En marquant, pour la mort, un aveugle mépris,
Arrache sa Maîtresse à la fureur des flâmes;
En lui disant: si vous mourez, hélas!
Mourons ensemble! Elle tombe en ses bras;
On l'emporte; – &, je vis, pour cette infortunée,
A quel excès montoit sa tendresse effrénée.

SOSIE.

Pour le tirer de ce pas délicat,
Et lui faire oublier une ardeur aussi folle,
Vous fûtes à Chrémès...

SIMON *l'interrompant.*

Cette affaire d'éclat
Lui fait reprendre sa parole;
Toute excuse à ses yeux, paroît vaine & frivole;
Et pour son gendre, il ne veut plus mon fils. –
Alors, voici ce que je fis:...

SOSIE *l'interrompant.*

Je le devine : vous parlâtes
A ce fils, en pere irrité ;
Le confondîtes ; vous tonnâtes...

SIMON *l'interrompant.*

Non. — Je mis à cela plus de dextérité :
Si j'eusse montré ma colére,
Pamphile m'auroit dit : mon pere,
Quel crime ai je commis ? ... je vois une beauté
Se jetter dans la flâme ; & ma main l'en retire ;...
Et quand tout le monde l'admire,
Blâmez-vous votre fils d'un trait d'humanité ?
Tu vois bien qu'à cela je n'eusse eu rien à dire.

SOSIE.

Votre sang-froid....

SIMON *l'interrompant.*

Cesse de t'étonner !
Pas à pas je veux l'amener,
Lui-même, à me donner preuve de sa folie ;
Et dans la Ville, toi, seme encor, & publie
Son mariage, avec la fille de Chrémès.
Croi, qu'à ce feint himen, si je ne le soumets ;
S'il refuse ; ou s'il veut seulement qu'on différe,
Pamphile va me voir alors,
Faire éclater tous mes transports ;
Et, je l'accablerai du poids de ma colére.

SOSIE *voulant s'en aller.*

Je cours exécuter vos ordres promptement.

SIMON *l'arrêtant.*

J'oubliois... écoute, un moment :
Commence par convaincre Dave

De cet himen. — Déja, moi, par de faux avis,
J'en ai donné l'éveil à ce coquin d'Esclave.
Ce scélerat, & me joue & me brave.
C'est lui qui sert les amours de mon fils,
Pour enfler son pécule, & grossir ses profits;
Songe à l'intimider!

SOSIE.

Allez! laissez moi faire!
Je ne suis pas né fin; non... mais
Cependant, lorsque je m'y mets...

SIMON *l'interrompant.*

Pars donc! de mon côté, je vais trouver Chrémès;
Et je me flatte encor de renouer l'affaire.

Sosie sort.

SCENE II.

SIMON, DAVE.

SIMON *à part, en appercevant Dave.*

MAIS voici Dave! il faut tenter
De gagner ce maraut, ou de l'épouvanter.

DAVE *à part, & à l'autre aîle du Théâtre.*

Je n'aime point ce bruit, qui court toute la Ville,
Du mariage de Pamphile
Avec la fille de Chrémès; —
L'on en parle plus que jamais;
Notre jeune Patron ne peut être tranquile. —
Pour mon compte, je vois le risque où je me mets,

S'ils font ce mariage. *S'interrompant, en appercevant Simon.*

SIMON *à l'autre aîle du Théâtre.*

Ah! le maudit Esclave!

DAVE *à part.*

Je ne l'avois pas vû: c'est mon vieux Maître.

Il s'éloigne.

SIMON *l'appellant.*

Dave!

DAVE *feignant de ne pas le voir, & courant où il n'est pas.*

Qui-m'appelle?

SIMON.

C'est moi.

DAVE *allant d'un autre côté.*

Vous? ou donc?

SIMON.

Me voici!

DAVE.

Je vous cherche.

SIMON.

Bourreau!

DAVE *continuant à s'éloigner.*

Mais, ou donc?

SIMON.

C'est ici.

DAVE *se rapprochant un peu.*

Si je sçais...

SIMON.

Le pendard, haï!

DAVE

DAVE *lui marchant sur le pied.*

Pardonnez, de grâce !

SIMON.

Me marcher sur le pied, en me tournant le dos !
Le mal-adroit ! demeure en cette place. —
Ecoute : — tu sçais les propos
Que l'on tient sur Pamphile, & sur cette Etrangere ;
L'on dit . . . .

DAVE *l'interrompant.*

Eh ! bon ! peut-on tabler sur ce qu'on dit ?
Faut-il, d'une façon légére,
Croire les contes bleus, dont on nous étourdit ;
Et, doit-on en faire aucun compte ?

SIMON.

Eh ! non, non, ce n'est point un conte.
Je suis sûr de son fol amour. —
Tiens : je m'ouvre à toi, sans détour :
J'oublirai le passé ; j'oublirai Glycérie
S'il l'abandonne, sans retour ;
Sans aucune supercherie. —
Enfin, Dave, c'est moi, . . . moi-même, qui te prie
De remettre mon fils dans un meilleur chemin.
M'entends-tu ? dis ?

DAVE.

Pas trop.

SIMON.

Son sort est en ta main. —
Je n'ignore pas, qu'à son âge,
Le goût pour le libertinage
Eloigne un peu du mariage.

DAVE.

On le prétend.

SIMON.

Sur-tout, quand un jeune imprudent
Méprise les conseils ; ou du moins, ne veut prendre
Que ceux d'un mauvais confident.

DAVE.

Oh ! je commence à ne vous plus entendre.

SIMON.

Tu ne m'entends plus ?

DAVE.

Non.

SIMON.

Et, je m'explique, en vain ?

DAVE.

Oui. — Je suis Dave ; & ne suis pas devin.

SIMON.

Je serai plus intelligible.

DAVE.

Tâchez !

SIMON.

J'y ferai mon possible.
Tiens : si mon fils ne change point de ton,
S'il ne renonce pas à sa chere Andrienne.
S'il refusoit d'épouser Philuméne,
Je te fais expirer demain sous le bâton ;
Mais, expirer ; qu'il t'en souvienne !
Eh bien ! à présent, suis-je clair ?

DAVE.

Très-clair. — Ce ne ſont pas là des diſcours frivoles ;
Ce propos-ci n'eſt pas un ſon qui frappe l'air ;
Il renferme un grand ſens, en très-peu de paroles.

SIMON.

Tu plaiſantes? mais ſonge à prendre un bon parti !
Tu ne te plaindras pas qu'on ne t'ait averti.

SCENE III.

DAVE *ſeul.*

ALLONS, Dave ! allons, du courage !
De l'adreſſe ! évertuons-nous !
Vous entendez gronder l'orage,
Dont il vous faut parer, ou ſuſpendre les coups,
Qui vont frapper nos deux jeunes Epoux. —
Nos deux jeunes Epoux?.. Oui, depuis une année,
Pamphile, à Glycérie, a joint ſa deſtinée. —
Quand ils viendront conter, d'un ton ſoumis & doux,
A ce Vieillard, de ſon honneur jaloux,
Qu'elle n'eſt point née Andrienne ;
Que, d'Athéne elle eſt Citoïenne ;
Et ſon naufrage près d'Andros ;
Un parent de Chryſis, qui les ſauve des flots ;
Et Chryſis, qui l'éleve ; ... & cent autres propos ;..
Les croira-t-il, dans ſa furie?
En croira-t-il les premiers mots ?
Et, ſans preuve ſur ſa Patrie,
Peuvent-ils le convaincre ? — Eh ! mais, ſi Glycérie

Tentoit de calmer ſon courroux,
Alloit tomber à ſes genoux,
Peut-être, ſon ame attendrie;...
Peut-être, il ſe pourroit... hélas!
Glycérie eſt malade; & je n'y ſonge pas.
Mais c'eſt Myſis.

SCENE IV.

MYSIS, DAVE.

DAVE.

EH bien! comment va ta Maîtreſſe?

MYSIS.

Mais elle eſt moins mal, aujourd'hui;
Je lui trouve moins de foibleſſe;
Elle eſt levée, elle marche...

DAVE *l'interrompant.*

Oui,
Tant mieux! en ce cas, je te laiſſe.

MYSIS *l'arrêtant*

Attends, donc; où veut-il aller?

DAVE.

J'ai, mon enfant, une affaire, qui preſſe.

MYSIS.

Mais elle voudroit te parler.

DAVE *avec impatience.*

De quoi?

MYSIS.

Je n'en ſçais rien; mais il t'eſt bien facile
De l'apprendre ; ſuis - moi !

DAVE.

Non, non ! je ne ſçaurois;
Et, tu m'arrêtes là, plus que je ne voudrois.
Dis-lui : que de ce pas, je cours toute la Ville,
Pour tâcher de trouver, & prévenir Pamphile.

Il ſort.

SCENE V.

MYSIS *ſeule.*

EH ! ſur quoi donc le prévenir ?
Briſe-t-on leurs liens ? Veut-on les déſunir ?
Eſt-ce une affaire réſolue ?...
La crainte qu'elle en a, la tourmente & la tue ;
Dieux ! que va-t-elle devenir !=
Pamphile, ce matin, ne l'a point encore vue ;
Lui, qui la ſçait ſouffrante, inquiéte, abattue,
Semble en perdre le ſouvenir !
Où, donc eſt-il ? où peut-il ſe tenir ?
Devroit-il être un jour, une heure, un moment même,
Sans aſſurer ſon cœur de ſa tendreſſe extrême ?...
Mais, c'eſt lui, que je vois venir.

SCENE VI.

PAMPHILE, MYSIS.

PAMPHILE *sans voir Mysis.*

QUEL coup de foudre, ô Ciel! — Eh! qu'ai-je encore à craindre,
Après l'affreux malheur, qu'on vient de m'annoncer? ...
L'injustice des Dieux ... — Mais, cessons de nous plaindre;
Il faut agir; ... Il faut, ... sans balancer ...
Il faut,... Quel parti prendre? ... & par où commencer? —
Hélas! dans ce moment, ma douleur est si vive,
Qu'elle m'abat l'esprit; & le trouble; & me prive
De la faculté de penser.

MYSIS.

Quelle est donc la fureur, dont votre ame est saisie,
Pamphile?

PAMPHILE.

Ecoute! Ecoute: & vois mon désespoir!
Il va jusqu'à la frénésie. —
A l'instant, je quitte Sosie;
Et, par lui, je viens de sçavoir
Que mon pere prétend me marier, ce soir,
A Philuméne, hélas! qu'il a choisie
Pour faire mon supplice; & nous ... — Que je la haïs!

MYSIS.

Quoi ! c'est la fille de Chrémès,
Que vous épouseriez ?

PAMPHILE.

Moi ? jamais ; non, jamais !

MYSIS.

Mais, si l'autorité d'un pere,
D'un pere, par vous respecté,
Vous forçoit . . .

PAMPHILE.

Son autorité ?
Je ne la connois plus. C'est, en vain, qu'il espére
Me faire ici plier sous ses commandemens.

MYSIS.

Souvenez-vous de vos sermens.

PAMPHILE.

Si je m'en souviendrai ! qui, moi ! toute ma vie ;
Et l'amour, & l'himen les ont rendus sacrés.
Ma femme, par mon pere, est en vain poursuivie ;
Malgré lui, tous mes jours lui seront consacrés. —
L'amour, en moi, n'éteint point la nature ;
Mais, je ne serai point parjure,
Mon pere, en vain, vous me l'ordonnerez !

MYSIS *avec transport.*

Ah ! Si Chrysis vivoit, qu'elle seroit ravie
De vous voir dans ces sentimens !

PAMPHILE.

Eh ! mon enfant, Chrysis, quittant la vie,
(Je me rappelle ici ces douloureux momens ;)

Chryſis reçut de moi tous ces mêmes ſermens. —
Elle mouroit ; à ſon lit, on me traine ;
(Vous étiez, vous Myſis, dans la chambre pro-
chaine ;) ...
Et d'une voix, qui ſortoit avec peine ;
Elle me dit, les yeux baignés de pleurs :
» Toi ! de qui je connois l'ame honnête, & les
mœurs,
» Juſqu'ici, j'ai ſervi de mereà Glycérie ;
» Mon frere, aujourd'hui que je meurs,
» Deviens l'appui de cette ſœur chérie !
» Toi ſeul es chargé de ſon ſort !
» C'eſt ta femme ! elle t'aime ; en toi ſeul elle eſ-
pére ;
» Sois ſon tuteur, ſon époux, & ſon pere !
» Tu lui reſtes, toi ſeul, ... au monde, après ma
mort !
» Alors, prenant nos mains, qu'elle met dans la
ſienne,
» Jure-moi, par ces mains, dit-elle, que je tiens ;...
» Jure !... (Et que cet eſpoir, en mourant me
ſoutienne !)
» Jure par ton honneur, par tes pleurs, par les
ſiens,
» De ne jamais ſouffrir qu'on rompe vos liens ;
» De ne te ſéparer, jamais, de Glycérie ! —
Avec tranſport, je le promets !
Par les plus forts ſermens, je m'engage & me lie... ;
A peine eus-je achevé, qu'elle quitta la vie ....

Avec véhémence.

Je les tiendrai ces ſermens que j'ai faits !
Mon cœur....

MYSIS *l'interrompant.*

Ah! de ce cœur, que rien ne les efface!
Rien! — Mais n'entrez-vous pas?

PAMPHILE.

Non, Myſis, je ne puis
Paroître, en l'état, où je ſuis. —
Toi! mon enfant, fais-moi la grace!..
Cache lui bien ce qui ſe paſſe!

MYSIS.

Je ferai de mon mieux.

PAMPHILE *d'un air incertain.*

Mais, cependant je crains...
Non, non, je ne dois point la voir. *Il ſort.*

MYSIS *en ſe retirant.*

Que je le plains!

Fin du premier Acte.

ACTE DEUXIEME.

SCENE PREMIERE.

CARIN, BIRRHIE.

CARIN *vivement.*

C'EST Philuméne ? Quoi, c'eſt elle
Que Pamphile épouſe, aujourd'hui ?
De qui tiens-tu cette nouvelle !

BIRRHIE.

De Dave ; je la ſçais de lui ;
Rien n'eſt plus sûr ; & c'eſt une infidelle. —
Seigneur Carin, oubliez cette Belle,
Comme elle vous oublie.

CARIN.

Hélas ! Birrhie, hélas !
Le puis-je ? — L'inconſtante a-t-elle moins d'appas ? —
Mais, ſans raiſon peut-être, ici, je me plains d'elle ;
Plaignons-nous de Chrémès ; de ce pere, ennemi,
Qui porte à notre amour une atteinte cruelle !
Philuméne ! ton cœur, ſans doute, en a gémi !
Le mien doit te reſter fidelle.

BIRRHIE.

C'eſt bien dit ! reſtez ſon ami !

Je n'y pensois pas, moi. — Par votre complaisance.
Et par vos soins; que Pamphile, endormi, ...
Mais, c'est lui-même qui s'avance.

CARIN.

Laisse-nous seuls.

Birrhie se retire.

SCENE II.

PAMPHILE, CARIN.

CARIN, *avec beaucoup de vivacité.*

Pamphile, ah! si votre amitié
Par l'amour, ne m'est point ravie,
Prenez de moi quelque pitié!
Vous pouvez me rendre la vie,
Vous pouvez tout . . .

PAMPHILE *l'interrompant.*

Hélas! mon cher Carin!
Hélas! quel espoir est le vôtre?
Je ne puis rien, pour moi; que puis-je pour un autre?
Mais sachons, donc, quel est votre chagrin.

CARIN.

Il est affreux! rien n'égale ma peine. —
Sur l'esprit de Chrémès, reprenant son crédit;
L'on dit que votre pere en obtient Philuméne;
Et, vous la fait ce soir épouser.

PAMPHILE *d'un air triste*

On le dit.

CARIN.

Mais l'aimez-vous ? . . . Oui, vous l'aimez, sans doute !
L'on ne peut la voir, sans l'aimer.
Vous brûlez de former ces nœuds, que je redoute.
Dans mon cœur je dois renfermer
L'inutile & vaine priere,
Qu'alloit faire un Amant, trop rempli de ses feux :
De différer, ou de rompre ces nœuds.

PAMPHILE *d'un air pensif.*

Mais, Carin, de quelle maniere,
La fille de Chrémès reçoit-elle vos vœux ?
Comment ? . . .

CARIN *l'interrompant.*

Soyez moins soupçonneux ;
N'en soyez point jaloux, Pamphile !
Je suis un ami généreux ;
Vivez content ; soyez tranquille ;
Je serai le seul malheureux. —
De ma patrie, à jamais, je m'exile ;
Je vais chercher la mort, en ces funestes lieux,
Où la guerre s'allume ; . . . Oui, je passe en Sicile ;
Et, je délivrerai vos yeux
D'un ami, d'un amant, d'un rival odieux.

PAMPHILE *d'un air affectueux.*

Ecoutez moi ; dans le monde où nous sommes,
Vous êtes assez répandu,
Mon cher Carin, pour avoir vu des hommes,
Qui, parés d'un bienfait qu'ils n'ont jamais rendu,

En recueillent le fruit, qui ne leur eſt pas dû. —
Je ſuis d'un autre caractère ;
Et, je vous dis, ſans me faire valoir ;
Et, ſans y mettre de myſtère,
Que cet himen fait tout mon déſeſpoir.

CARIN *impétueuſement.*

Eſt-il poſſible ?... ô Ciel !... Ah ! dans ma joie extrême,

Il l'embraſſe.

Permettez !... Ah ! que je vous aime !

PAMPHILE.

Vers nous, Dave porte ſes pas ;
Il faut, par quelque ſtratagême,
Qu'il nous ſerve !.. ou je meurs, s'il n'y réuſſit pas

SCENE III.

PAMPHILE, CARIN, DAVE.

DAVE, *courant d'un bout du Théâtre à l'autre.*

Où trouver mon jeune maître ?

CARIN.

Abordons-le !

PAMPHILE.

Il faut paroître.

DAVE *courant.*

S'il ſçait tout, quel eſt ſon chagrin ?

CARIN.

Qu'il eſt vif! Oh! c'eſt le ſalpêtre!

DAVE *toujours courant.*

L'eſpoir, en ſon cœur va renaître;
Ce jour, pour lui, devient un jour ſerein.

PAMPHILE.

Arrêtons-le.

DAVE *courant plus fort.*

Où peut-il être?
Je cours par-tout; &, d'un train...

PAMPHILE & CARIN *appellant enſemble Dave; & le ſaiſiſſant tous deux.*

Dave!

DAVE.

C'eſt vous, Pamphile? & vous auſſi Carin?
Bonne nouvelle! De la joie!

PAMPHILE.

Eh! ſçais-tu que je ſuis perdu?

DAVE.

Je ſçais...

CARIN *l'interrompant.*

T'a-t-on dit quelle voie...

DAVE *l'interrompant.*

On me l'a dit.

PAMPHILE.

As-tu bien entendu?...

DAVE *l'interrompant.*

Oui, très-bien!

PAMPHILE.

C'eſt, dit-on, ce ſoir, qu'on me marie?

DAVE *avec impatience.*

J'en ſuis inſtruit . . .

CARIN.

Chrémès pouſſe la barbarie . . .

DAVE *l'interrompant avec colère.*

Eh ! je le ſçais ; je le ſçais bien !
Mais, un moment donc, je vous prie !
Si vous parlez toujours, vous, vous ne ſçaurez rien.

PAMPHILE *vivement.*

Invente quelque fourberie.

DAVE *avec impatience.*

Soit !

CARIN.

Veux-tu me ſervir auſſi ?

DAVE *preſqu'en colère.*

Volontiers !

PAMPHILE.

Secours-nous ici.

DAVE *avec colère.*

De grâce ! un inſtant de ſilence !

PAMPHILE *très vivement.*

Je te promets ta liberté ;
Oui, je t'affranchirai !

DAVE *toujours en colère.*

Mille graces d'avance !
Mais écoutez ! . . .

CARIN *l'interrompant.*

À quelque récompense
Tu dois t'attendre aussi de mon côté.

DAVE *avec la derniere impatience.*

Bon ! de la générosité !
Mille remercimens ! — Mais, daignez vous contraindre ;
Ne m'interrompez point ; je sçais vos embarras ;
Vous craignez d'épouser ; — vous, de n'épouser pas ! —

à Pamphile.

Vous ! vous n'avez plus rien à craindre.

PAMPHILE.

Comment ?

CARIN *très-vivement.*

Oui, dis vîte comment ?
Tu sçais que je prends part à cet événement.
Dis ?

DAVE *à Pamphile.*

N'appréhendez plus d'épouser Philuméne !

PAMPHILE.

Quoi ! tu crois . . .

DAVE *l'interrompant.*

Oui, je crois avoir
Une preuve claire & certaine . . .

CARIN *l'interrompant.*

Quelle est-elle ?

DAVE.

à Pamphile. Vous allez voir. —
Pour vous porter à ce doux mariage,

Ce

Ce matin, votre pere, à ce point attaché,
D'abord, de moi s'eſt rapproché,
M'a careſſé, m'a recherché. —
N'y gagnant rien, il a changé de perſonage,
Il a pris feu; . . . m'a reproché
Que vous étiez un débauché; . . .
Et que j'entretenois votre libertinage;
Que je . . .

PAMPHILE *l'interrompant.*

Finis ce verbiage!
Voyons ſur quoi je puis compter?

DAVE.

Oh! doucement! Je veux mettre des grâces
Dans ma façon de raconter;
Et je veux être long, fleuri . . .

CARIN *avec impatience.*

Que tu nous lâſſes!

PAMPHILE *auſſi impatiemment.*

Il veut nous impatienter!

DAVE *d'un air de ſang-froid.*

Mais, non! . . . Ne faut-il pas le tems pour que j'amene,
Avec quelle douceur, ce moderne Caton
M'a dit qu'il me feroit mourir ſous le baton,
Si vous refuſiez Philuméne, . . .
Et . . .

PAMPHILE *interrompant impétueuſement.*

Ne l'épouſois pas, ce ſoir?
Enſuite!

DAVE *lentement.*

Il s'agiſſoit de vous faire ſçavoir,
Pour vous, comme pour moi, ſa menace inhumaine.

CARIN.

Après?

PAMPHILE.

Après?

DAVE *s'échauffant.*

Après? — C'eſt alors, qu'il faut voir
Comme, pour vous trouver, par-tout je me promene;
Au Portique, au Pyrée, au temple de Pallas;
Je vais juſqu'à la grande place. —
Ne vous trouvant point dans le bas,
Je monte ſur une terraſſe,
Je me diſois: je verrai bien s'il paſſe;
Mais, de-là, m'appercevant bien
Que je découvrois tout, & ne diſcernois rien,
J'en deſcends;... cours encor; &, tant que je me laſſe. —
Enfin, fatigué comme un chien,
Alors, par la tête il me paſſe
Que le bon homme m'a querellé, ſans raiſon....
Cela me fait naître un ſoupçon...
Ce mariage-là, me dis-je, eſt-ce une feinte?...
Seroit-ce un tour de ſa façon,
Pour nous inſpirer de la crainte?...
Oui! — Le malin vieillard a voulu nous duper;
Oui!...

PAMPHILE *l'interrompant avec impatience.*

De ce détail inutile,
Ton eſprit doit-il s'occuper?

DAVE *gravement.*

Ce ſont des faits, Seigneur Pamphile !
Comme un Hiſtorien habile,
Je ne me permets pas de rien anticiper.

PAMPHILE *toujours impatiemment.*

Ah ! finis donc, en un mot comme en mille

DAVE *riant.*

Je finis. — Ce ſoupçon me conduit chez Chrémès,
J'y cours, malgré ma laſſitude.
Un ſeul Eſclave, oiſif, & ſans inquiétude,
A la porte, goûtoit & reſpiroit le frais ; . . .
Je ſoupçonne plus que jamais ;
Et mon ſoupçon, bien-tôt, ſe tourne en certitude.

PAMPHILE.

A merveille !

CARIN.

Fort bien !

DAVE.

Oui ! — J'entre dans la court ;
Je n'y vois pas une voiture.
Quoi, dis-je, perſonne n'accourt
Rendre viſite à la future !
Point de parens, d'amis ! — pas une créature
N'entre, ou ne ſort de cet hôtel ?
C'eſt un déſert ! ... a-t-on rien vu de tel ? —
Si cet himen étoit réel,
L'on y verroit mille figures ;
Aller, venir ; aporter des parures,
Des meubles, des bijoux de toutes les natures.

CARIN *gaiment.*

C'eſt fort bien dit !

PAMPHILE *de même.*

Sans doute ! il a vu par ſes yeux . . .

DAVE *l'interrompant.*

Je ne m'en tiens pas là ; je veux voir encor mieux ;
Je rode par-tout, examine ;
Et pour derniere épreuve, entre dans la cuiſine ;
J'y trouve un cuiſinier, qui dans ſes doigts ſouf-
floit ;
Un vieux Eſclave, qui ronfloit ;
Un poulet, de mauvaiſe mine ;
Et qui, dans ſa ſauſſe flottoit ;
Un ſeul petit poiſſon, qui dans l'eau barbotoit ;
Point de jus ; point de viande fine ;
Et point de feu dans les fourneaux ! —
Oh ! nous ne donnons pas, dis-je, dans ces pan-
neaux !
Ce mariage eſt une fable !
Je n'en vois pas là les aprêts.

PAMPHILE *le ſerrant dans ſes bras avec tranſport.*

Ah ! Dave ! ah ! mon ami !

CARIN *l'embraſſant d'un air de trouble.*

C'eſt un homme admirable ! . . .
Tu me parois un Dieu tutélaire, à ces traits ; . . .
Il n'épouſera point ma Philuméne . . .

DAVE *l'interrompant.*

Après ?
Comment ! eſt-ce ainſi qu'on raiſonne ?
Parce qu'il ne l'a point, faut-il qu'on vous la
donne ?
Allez, emploïez vos amis ;
Près de Chrémès, quoi ! n'avez-vous perſonne ?

CARIN *l'interrompant.*

Si fait! en attendant ce que je t'ai promis, . .
Pour une nouvelle, aussi bonne,
Prends toujours cette bourse! *Il la lui donne.*

DAVE *la recevant.*

Un Esclave soumis;
Doit obéir, quand on l'ordonne.

CARIN *embrassant Pamphile.*

Adieu! De nos frayeurs, nous voilà bien remis.

SCENE IV.

PAMPHILE, DAVE.

PAMPHILE.

JE ne comprends rien à mon pere;
A quoi bon cette feinte? Eh! qu'est-ce qu'elle opére?
En attendroit-il quelqu'effet?

DAVE.

Eh! mais sans doute, il en espére!
Allez! il sçait bien ce qu'il fait! —
Il connoît votre caractère;
Quoi! ne voyez-vous pas, qu'en vous faisant mystère
Des refus constants de Chrémès,
Qu'il ne peut fléchir désormais;
Il invente ce mariage,
Pour sonder votre humeur volage;
Et voir s'il ne peut pas la fixer à jamais.

PAMPHILE.

Quoi! tu crois que c'eſt là le motif qui l'engage?
Et qu'il ſe ſert de ce petit reſſort, . . .

DAVE *l'interrompant.*

Vraiment, oui! je le crois très-fort!
Dans ce feint himen, qu'il propoſe
Finement, il veut voir d'abord,
Si vous refuſerez la choſe;
Et vous mettre dans votre tort.

PAMPHILE.

Comment! ſeroit-ce cette cauſe?

DAVE.

Sûrement! — Et ſi rien s'oppoſe
A ce qu'il exige de vous,
Ah!... Vous verrez alors éclater ſon courroux!

PAMPHILE.

Eh bien! qu'il éclate, qu'il crie!
Je le mets au pis!

DAVE.

Lui! ma foi, penſez-y bien!
Il ferait bruſquement enlever Glycérie.

PAMPHILE.

L'enlever! Comment, je vous prie?

DAVE.

Il trouveroit plus d'un moyen. —
Au pere de famille honnête; au Citoyen,
La République doit des ſecours favorables
Contre ces beautés, trop aimables,
Qui s'emparent des jeunes gens. —
Tous nos vieux Magiſtrats, durs & déſobligeans,

Envieux des plaisirs que la jeunesse goûte ;
Par leur âge, écartés de cette aimable route ;
Et devenus par là moins indulgens,
Punissent par l'exil ces femmes qu'on redoute.

PAMPHILE.

Ah ! Dave, tu me fais trembler !
Quel parti faut-il que je prenne !

DAVE.

De dire à votre pere, ici, sans vous troubler,
Que vous êtes tout prêt d'épouser Philuméne.

PAMPHILE.

Que je dise ?...

DAVE.

Eh mais oui !

PAMPHILE.

Qui ! moi ? que je convienne ?...

DAVE *l'interrompant.*

Sans doute ? pourquoi non ? ...

PAMPHILE *l'interrompant.*

Je dirai que je vais, ...
Que je suis prêt... Oh ! non ! ne m'en parle jamais.

DAVE.

Que risquez-vous ?

PAMPHILE.

Belle demande !
Je risque d'épouser la fille de Chrémès ;
De vivre malheureux...

DAVE *l'interrompant.*

Et moi, je n'appréhende

gaiment.

Rien d'aprochant. — Eh! bon! c'eſt un jeu que cela !
Ecoutez : ſuppoſez que votre pere eſt là ;
Il vient à vous ; il vous arrête ;
Vous, vous le ſaluez d'une façon honnête. —
Il vous dira : Mon fils, je veux vous marier,
J'ai choiſi ce jour pour la fête ...
Au lieu de le contrarier,
Vous répondrez en inclinant la tête,
Je ferai ce qu'il vous plaira.
Alors ce coup l'aſſommera.
Content de votre obéiſſance,
Sa perſécution ſe terminera là. —
Mais, ſi vous faites réſiſtance,
Il eſt au champ ; . . & , le voilà
Qui vous cherche une autre alliance ;
Eh ! comptez qu'il en trouvera , —
Le tout eſt de gagner d'abord ſa confiance,
Et du tems ; . . . le reſte viendra ;
Et de ſoi-même , après , cela s'arrangera.

PAMPHILE.

Tu le crois ? . . . Allons donc ! — Mais, dis-moi, je te prie :
S'il ſoupçonnoit ma tromperie,
S'il croyoit . . .

DAVE *l'interrompant.*

Cela ne ſe peut ;
Pour le duper, faut-il tant d'induſtrie ?
On le trompe autant qu'on le veut.

SCENE V.

PAMPHILE, DAVE, SIMON *arrivant.*

DAVE *à Pamphile.*

Mais je le vois. — Un peu d'effronterie !
Un air aisé, point triste !... Et possedez-vous bien !

PAMPHILE *un peu tremblant.*

Oui, oui ! mais ne me dis plus rien.

DAVE *bas à Pamphile.*

Le destin de Glycérie
Dépend de cet entretien.

PAMPHILE *d'un air ferme.*

Cette idée est mon soutien ;
Elle me rend la force ...

DAVE *l'interrompant.*

Allons ! un bon maintien ! —

SCENE VI.

PAMPHILE, DAVE, SIMON, BIRRHIE.

PAMPHILE.

L'ABORDERAI-JE?

DAVE.

Il faut l'attendre!

SIMON *à part.*

Les voici! Commençons d'abord par les entendre! —
Sur le parti qu'ils auront pris,
Je reglerai celui que je dois prendre.
Pamphile?

DAVE *à Pamphile.*

Tournez-vous; & paroissez surpris.

PAMPHILE *feignant d'être étonné.*

Mon pere?...

SIMON.

Vous sçavez combien je vous chéris:
Mon fils!

PAMPHILE *lui baisant la main.*

Ah!

SIMON.

L'on a dû vous dire
Que Chrémès est prêt à souscrire
A votre himen, qu'il avoit fait surseoir;
Mon cœur, plein de sa joie, ici vient vous instruire
Que nous comptons signer ce soir.

PAMPHILE.

Mon pere, je ſuis prêt à terminer la choſe.

BIRRHIE *à part.*

Qu'entends-je ? Que dit-il ?

DAVE *à Pamphile tout bas.*

Il reſte ſtupéfait ;
Sans langue ; il a la bouche cloſe.

SIMON *d'un air inquiet & embarraſſé.*

Mon fils, je ſuis fort ſatisfait...
Je n'attendois pas moins de votre obéiſſance ;
Vous rempliſſez mon eſpérance ;
Vous me faites par-là bien juger de vos mœurs.

BIRRHIE *à part, & en ſe retirant.*

Mon Maître peut chercher une autre femme ailleurs.

SIMON *encore un peu troublé.*

Rentrez ; & que Chrémès, qui doit ici ſe rendre ;
Vous trouve, pour le recevoir ;...
Il eſt impatient de voir,
D'entretenir, & d'embraſſer ſon gendre.

PAMPHILE.

Mon pere, j'obéis, & vais chez vous l'attendre.

Il ſort.

SCENE VII.

SIMON, DAVE.

DAVE, *à part.*

IL me regarde. — Et je gagerois bien
Qu'il me fera subir un interrogatoire.

SIMON *à part, à l'autre aîle du Théâtre.*

Si je pouvois trouver quelque moïen
D'apprendre ici par ce vaurien,
Le fond de toute cette histoire !
Mais ce perfide Historien
Va mentir. — Hola, Dave !

DAVE *feignant de rêver ; & sortant de sa rêverie comme quelqu'un que l'on réveille.*

Eh quoi, Seigneur !

SIMON.

Vien ! vien !
A quoi pensois-tu ?

DAVE.

Moi ? — moi, jamais je ne pense ;
Je végéte, & m'en trouve bien.
Par-là, je vis en assurance ;
L'on ne sçauroit accuser l'innocence
De quelqu'un, qui ne pense à rien.

SIMON.

Par ce détour, naïf en apparence,
Ton adresse voudroit envain me dérober
L'inquiétude où je t'ai vu tomber.
N'es-tu pas inquiet, dis ?

DAVE *d'un air tranquille.*

Non ! en conſcience ! . . . —
De quoi le ſerois-je en effet,
Alors que j'ai fait mon ouvrage,
Et que mon ouvrage eſt bien fait?

SIMON *retournant la tête de Dave vers lui.*

Du moins, tourne-moi le viſage,
Lorſque je te parle, maraut !

DAVE *avec ſang-froid.*

Oui ! j'ai tort ; & c'eſt un défaut
Dont il faut que je me corrige.

SIMON *vivement.*

Ecoute ! — maintenant j'exige . . .

DAVE *l'interrompant.*

Cette leçon me vient fort à propos ?

SIMON.

Le traître ! . . .

DAVE *l'interrompant.*

Il eſt groſſier de vous tourner le dos.

SIMON.

Eh mais, coquin ! . . .

DAVE *l'interrompant.*

Voilà comme l'on ſe néglige !

SIMON.

Veux-tu bien entendre deux mots ? . .

DAVE *l'interrompant.*

Si j'avois cru d'abord, . . .

SIMON.

Oh ! le chien d'homme !

DAVE *continuant.*

Que vous eussiez voulu parler sur nouveaux frais,
Je me serois alors tû, comme je me tais.

SIMON.

Eh bien ! parle encore ! je t'assomme.—

Dave se ferme la bouche avec les doigts.

Une fois seulement, dis-moi la vérité :
Par quelque libéralité,
Je veux bien l'acheter ; & te la rendre utile.

DAVE *affectant l'air de simplicité.*

Moi ! je ne ments jamais. — D'ailleurs, est-il facile
De vous tromper? — Comptez sur ma sincérité !

SIMON *avec vivacité.*

Je sçaurai la payer. — Dis-moi donc, si Pamphile,
Dans le fond de son cœur, ne maudit pas ce jour
Où je l'arrache à son amour ?

DAVE *rêvant.*

Bon ! . . . amour ? . . . Un goût foible, . . .

SIMON *l'interrompant.*

Oh ! oui ! fais, fais-moi croire . . .

DAVE *l'interrompant.*

Oh ! pour le coup votre mémoire
Vous joue ici d'un vilain tour ;
Ce goût est passé sans retour ;
Mais souvenez-vous donc qu'ils sont brouillés ensemble.

SIMON *étonné.*

Brouillez ?

DAVE.

Je vous l'ai dit.

SIMON.

Non ! à ce qu'il me ſemble.

DAVE.

Si ce n'eſt point à vous ; je l'ai dit à Chrémès.
Ils ſont brouillés, brouillés à ne ſe voir jamais. —
Un agréable, jeune & beau, qui lui reſſemble,
Qu'à ſa Belle il préſente un jour par amitié,
Lui coupe l'herbe ſous le pied ;
Ils ſont ſi bien, qu'ils vont ſe marier enſemble.

SIMON *avec un tranſport de joie.*

Tu me ravis! — Mais, pourquoi dans l'inſtant,
Que j'annonçois ſon mariage,
N'avoit-il pas l'air plus content ?

DAVE.

Vous perceriez à travers un nuage ;
Je ne vois point d'homme plus pénétrant.
Non, il n'eſt point content ;.. ni n'a ſujet de l'être.

SIMON.

Quel eſt donc le chagrin qu'il prend ?

DAVE *vivement.*

Comment ! m'a dit mon jeune Maître,
Mon pere me marie ; & je ne vois paroître,
Au logis, ni petits, ni grands ?
Ni les amis, ni les parens ?
L'on penſera qu'à peine il veut me reconnoître :
Que diront les mauvais plaiſans !
Point d'habits, de bijoux, de meubles, de pré-
ſens ! —
Aux nôces de ſon fils, c'eſt le cas, où peut être,
L'on doit jetter l'argent par la fenêtre ;
Il n'a pas tort, au moins !

SIMON *déconcerté.*

Oh! demain; ou tantôt
Après notre cérémonie . . .

DAVE *d'un air narquois.*

Vous euſſiez dû vous y prendre plutôt!
Et ce ſeroit une affaire finie!
C'eſt . . . qu'il m'a fait une avanie . . .
Un train ... Et ſi j'oſois vous dire auſſi mon mot...

SIMON.

Dis!

DAVE.

Je vous taxerois d'un peu de vilenie.

SIMON *en colère.*

Retirez-vous, maître ſot!

DAVE *en ſe retirant.*

Il en tient!

SCENE VIII.

SIMON *ſeul.*

SUIS-JE encor en ce moment ſa dupe?
Avec adreſſe, il détourne de ſoi;
D'autres objets il vous occupe; . . .
Vous diſtrait ... — Le maraut ſe mocque encor de moi. —
Je ne dois point ajouter foi,
Aux fables qu'il m'a débitées. —
Mais, ſi j'allois . . . après tant d'épreuves tentées,
Puis-je eſpérer? . . . Non! — Mais; je fais ce que je doi.

Fin du ſecond Acte.

ACTE

ACTE TROISIEME.

SCÈNE PREMIERE.

SIMON *seul.*

J'ESPERE encore avoir la bru que j'ai choisie !
J'espére avant la fin du jour,
Que Chrémès se rendra. — Sosie ! hola, Sosie !

SCENE II.

SIMON, SOSIE.

SOSIE.

AH ! mon Patron ! vous voilà de retour !

SIMON.

Mon enfant, notre affaire a pris un meilleur tour ;
Et j'ai quelque raison de croire,
Quelque sujet de me flatter
D'obtenir sur Chrémès une pleine victoire. —
Tu vas sçavoir en détail cette histoire ;
Et j'aurai grand plaisir à te la raconter.

SOSIE.

J'en vais prendre à vous écouter.

SIMON.

J'ignore encor, si mon fils dissimule.

Ou s'il m'obéit franchement;
Mais, il n'eſt plus poſſible, aujourd'hui, qu'il recule.
Son Dave & lui, s'ils m'ont cru ſi crédule,
Se ſont trompés très-lourdement.

SOSIE.

Non, votre fils agit ſincérement.
Ils ont l'air fort content; & même j'ai vu Dave...

SIMON *l'interrompant.*

Ah! tu ne connois pas ce malheureux Eſclave!...
(Eh! mon fils prend de ſes leçons!...)
Sur ce dernier, ayant quelques ſoupçons,
Qu'avoit fait naître, en moi, ſa prompte obéiſſance,
Pour éclaircir ce qu'il faut que j'en penſe;
Dave, que j'ai tourné de toutes les façons,
M'a démonté l'eſprit, dérouté ma prudence;
Embrouillé la cervelle;... enfin, ſon impudence
A monté juſqu'au point d'oſer me dire au nez...
Quoi qu'il en ſoit, ils vont être étonnés.

SOSIE.

Quoi! Chrémès conſent-il?...

SIMON *l'interrompant.*

J'ai preſque ſa parole;
Chez lui, je m'étois fait accompagner exprès,
Par un vieux Prêtre de Cérès,
Avec qui je le laiſſe; & qui me le cajole.
C'eſt ſon oracle, & ſon idole!
Il m'en rendra bon compte; il eſt après. —
D'ailleurs, ce ſont ſes intérêts.
J'ai promis une récompenſe;

S'il réussit, l'argent suivra de près.

SOSIE.

Ah! je vois Chrémès, qui s'avance;
L'on aura réussi.

SIMON.

Va; rentre; & fais si bien,
Que Dave, avant le coup, ne se doute de rien.

SCENE III.

CHRÉMES, SIMON *courant embrasser Chrémès.*

Qu'avec plaisir, je vous embrasse,
Mon tendre ami!... venez, entrons;
Et que mon fils...

CHRÉMES *l'interrompant.*

Non: demeurons!
Et sans sortir de cette place,
En quatre mots;...

SIMON *l'interrompant.*

Ce froid accueil me glace;
Il m'annonce... — Un refus, pour moi, seroit affreux!...
M'allez-vous rendre malheureux?

CHRÉMES *vivement.*

Eh! faut-il que je le devienne,
Que ma fille le soit, pour contenter vos vœux? —
(Mon ami, ces refus me sont bien douloureux! —)

Mais, comment voulez-vous que ma fille soutienne,
D'un Epoux dérangé, les dédains outrageux;
Son amour pour cette Andrienne,
Et tous les maux, qu'entraîne un himen orageux.
Sacrifîrai-je Philuméne ?

SIMON *l'interrompant très-vivement.*

Non, Chrémès, cette crainte vaine,
Dont votre esprit est abattu,
Ne peut...

CHRÉMES *l'interrompant.*

Eh! voyez donc, où tout cela nous mene!
Mettrai-je en danger sa vertu ?
Sondez l'abîme, où cet himen l'entraîne!
Et dans son cœur jaloux, de soupçons combattu,
Peignez-vous d'abord la vengeance,
Mêlant, au fier dépit, son souffle empoisonneur;
Et bientôt sur ses pas, conduisant la licence,
Voyez ces nœuds cruels, lui coûter son bonheur,
La perte de son innocence;
Et couvrir sa famille, & nous de déshonneur.

SIMON.

Pourquoi m'accusez-vous?...

CHRÉMES *l'interrompant.*

Moi! que je vous accuse?
Non! si je faisois son malheur,
Je ne chercherois point à ma faute d'excuse;
A lui donner une couleur;
Je me dirois, dans ma douleur,
Si ma fille devient un objet méprisable,
J'en suis la seule cause, & je suis seul coupable;
Je devois prévoir ses dégoûts.

J'étois instruit des criminelles flâmes
De mon gendre futur . . . (nous les connoissions tous ;)
Eh ! . . . pouvois-je ignorer que la vertu des femmes
Dépend de la conduite, & des mœurs d'un Epoux !

SIMON *vivement & impatiemment.*

Mon ami, voulez-vous m'entendre ?
Je vous disois : pourquoi m'accusez-vous à tort ?
Comme vous, je suis pere ; & suis un pere tendre ;
Comme à vous, leur malheur me causeroit la mort. —
Si c'étoit l'amour le plus fort
Qui l'attachât à Glycérie,
Je craindrois, comme vous, tous ces maux menaçans ;
Mais c'est pure galanterie,
L'ivresse d'un moment, une erreur de ses sens. —
Ah ! n'ayons point la barbarie
De ne pardonner rien, . . . mais rien, aux jeunes gens !
Pour être à leur égard, encor plus indulgens,
Rappellons les écarts du printems de notre âge !
Eh ! vous-même, vos goûts pour la jeune Thaïs,
Pour la courtisane Laïs,
Vous ont-ils, par la suite, empêché d'être sage ;
Et le modele heureux de nos meilleurs maris ?

CHRÉMES *reprenant vivement.*

D'un amour violent je n'étois point épris ;
Je n'eus . . .

SIMON *l'interrompant avec feu.*

Eh ! mais Pamphile a quitté Glycérie !

CHRÉMES.

Bon ! bon ! je connois les amans !
Leurs tendres raccommodemens
Augmentent leur amour, après leur brouillerie.

SIMON.

Non ! pour jamais, leurs liens ſont rompus ;
Il ne la voit, ni ne la verra plus;
Et le ſucceſſeur qui le chaſſe,
Plus loin que mon fils même, oſe porter l'audace ;
Il eſt prêt d'épouſer cette femme.

CHRÉMES *avec un rire ironique.*

Ah ! fort bien !

SIMON.

Ce ſont des faits !

CHRÉMES *vivement.*

Eh bon ! ſçait-on ce qui ſe paſſe ?
Des oui-dire ! D'ailleurs ! — Permettez-moi de grace,
De douter de ces faits ; ou, de n'en croire rien !

SIMON.

Pour vous les prouver, moi, j'imagine un moyen ;
Cachez-vous ſous ce périſtile,
Dave, que je vais appeller ;
Dave, que je ferai parler,
Dave, le confident unique de Pamphile ;
Va jaſer ; & vous l'entendrez
Vous-même, alors, vous jugerez ;
Avec une ame plus tranquille,
Si ces faits-là ſont vrais, ou ſont faux. Vous verrez !

CHRÉMES.

Volontiers !

SIMON.

Dave, hola ! — cachez-vous ! c'est lui-même !

SCENE IV.

SIMON, DAVE, CHRÉMES *caché.*

SIMON *conduisant Dave du côté de Chrémès.*

EH bien, Dave, dis-moi : que fait-on là dedans ?

DAVE *d'un air de gaieté.*

Ce qu'on y fait ?... Pamphile y fait des vœux ardens ;
Est d'une impatience extrême,
De voir sa prétendue. — Oh ! moi, je crois qu'il l'aime,
Qu'il a déja pris feu ...

SIMON *l'interrompant.*

J'en suis un peu surpris ;
Car, Dave, enfin qu'il te souvienne
Que son goût pour cette Andrienne
Doit encor ...

DAVE *très-vivement.*

A présent !.. — C'est le plus froid mépris !..
Il ne l'honore pas seulement de sa haine ;
Il est charmé qu'un autre en soit épris,
Et qu'il se soit chargé de sa honteuse chaîne !

SIMON *touſſant pour avertir Chrémès.*

Hem ! hem ! hem !

DAVE.

De la toux ?.. Du rhume ?.. êtes-vous pris ?

SIMON.

Non ! ce n'eſt rien ! — Quoi n'a-t-il plus de peine ?..

DAVE *l'interrompant.*

De la peine ?.. il n'y ſonge plus ;
Il ne penſe qu'à Philuméne.

SIMON *touſſant encore.*

Hem ! hem !

DAVE.

Vous touſſez !

SIMON.

Non ! tes ſoins ſont ſuperflus ;
Pourſuis donc ?

DAVE *très-gaiement.*

Soit. Eh bien ! il arrange, il ordonne ;
Il veut que tout ſoit prêt pour la bien recevoir ;
Il fait tout diſpoſer ; & lui ſeul, il ſe donne,
Pour cet effet, plus de ſoins que perſonne ;
Il ne peut aſſez-tôt voir arriver ce ſoir,
Dit-il, d'un ton vif, qui m'étonne.

SIMON.

Hem ! hem !

DAVE.

Mais cependant ce rhume eſt obſtiné ?

SIMON.

Un peu de mouvement, que je me ſuis donné ;...
Si bien donc, que ſon accordée
Peut ...

DAVE *l'interrompant.*

Il n'a qu'elle dans l'idée;
Son ame en eſt tellement obſédée,
Qu'en nous donnant tantôt tous ſes ordres divers,
Chemin faiſant pour elle, il a tourné des vers
D'une tendreſſe... décidée;
Quoique d'ailleurs, ils ſoient faits de travers,
N'importe!

SIMON *crachant avec bruit du côté de Chrémès.*

Quelle joie!... Ah! ſon obéiſſance
Eſt un effet ſubit de cet amour naiſſant! —
Le reſpect, ou la complaiſance
N'y ſont pour rien. — Il céde à l'amour qu'il reſſent;
Tant mieux; ce ſuccès-là paſſe mon eſpérance.

CHRÉMES *courant embraſſer Simon.*

Voyez à vos deſirs un ami qui conſent;

très-vivement

Après ce que je viens d'entendre;
C'en eſt fait! il ſera mon gendre. —
Et puiſqu'il a paru, de bon cœur, diſpoſé
A cet himen, d'avance, & par vous ſuppoſé,
A vos raiſons, je dois me rendre,
Signons ce ſoir!

DAVE *à part.*

Ciel! je ſuis écraſé!

CHRÉMES *impétueuſement.*

Je vais chercher les papiers qu'il faut prendre;
Et je reviens...

SIMON.

Nous allons vous attendre.

SCENE V.

DAVE, SIMON.

SIMON.

Hé bien ! mon cher, cette apparition
T'a dû causer quelque ſurpriſe !

DAVE *dans le dernier trouble.*

Oui, pas mal.

SIMON.

Et tu vois, ſans que je te le diſe,
Que juſqu'ici cette union,
Cet himen, qui ſe réaliſe,
N'étoit rien qu'une feinte, & qu'une illuſion.

DAVE *s'éloignant ; à part, & d'un air de rage.*

Quoi ! je me ſuis trahi ?.. Quoi ! c'eſt lui, qui me joue ?

SIMON *allant à Dave.*

Tu te plains là, tout bas, de moi ;
Tu n'as pas tort. — Juſqu'ici, je l'avoue,
J'ai ſoupçonné ta bonne foi ;
Mais à préſent... je mets ma confiance en toi.

DAVE *de l'air du trouble, & d'un ton entrecoupé.*

Vous... le devez...

SIMON.

Il faut que je te remercie ...

DAVE *l'interrompant.*

De rien.

SIMON.

Si fait ! je te ſçais gré
D'un ſuccès, qui ...

DAVE *l'interrompant.*

C'eſt ... une minutie.

SIMON.

Ce mariage-là ; ... tu me l'as procuré.

DAVE *à part.*

Je ſuis mort !

SIMON.

Que dis-tu ?

DAVE *toujours troublé.*

Que je ſuis ... pénétré ... ;

à part.

De toutes vos bontés. — Que le Ciel te confonde !

SIMON *avec vivacité.*

C'eſt à toi, que je dois le retour de mon fils ;
Pourſuis ! — Par de ſages avis,
Que ta prudence me ſeconde !
Et le rende à préſent l'exemple des maris !
Ta liberté ſera le prix
De tes ſoins ! — m'entens-tu ? dis donc !

DAVE *très-diſtrait & très-troublé.*

Le mieux du monde ! —

à part.

Simon s'éloigne après la réponſe de Dave.

Il m'aſſaſſine, en me faiſant parler !

SIMON *revenant à Dave.*

Je te laiſſe. — Moi-même, ici, je veux aller

Dans mon ardeur impatiente,
Conter tout à mon fils; . . . je veux le régaler
Des détails amusants d'un himen qui l'enchante.
Il se retire.

SCENE VI.

DAVE *seul, dans le plus grand abattement.*

SI quelqu'un vouloit m'obliger,
Je lui demanderois pour grâce singuliere,
De me jetter dans l'eau, la tête la premiere.
Mais, quelqu'esprit malin, pour me faire enrager,
Me soutiendroit en l'air, . . . afin de prolonger
Mes maux, . . . en prolongeant pour cela ma carrière. —
Si je trouve quelque manière
De sortir de ce mauvais pas,
Oh! je renonce dans ce cas,
A mon métier de fourbe, à tous mes tours d'adresse! —
Je fais vœu, désormais, à la sainte paresse,
De chercher le repos, & de n'en sortir pas.

SCENE VII.

PAMPHILE, DAVE.

PAMPHILE *d'un air furieux.*

SI je le trouve ſous mes pas,
Il mourra de ma main !

DAVE *l'appercevant.*

O Ciel !

PAMPHILE.

Où peut-il être ?

DAVE.

Où nous cacher ?

PAMPHILE *ſaiſiſſant Dave au collet.*

C'eſt toi, ſcélérat ! double traître !

DAVE *criant.*

Vous m'étouffez !

PAMPHILE *le ſerrant plus fort.*

Après tout ce qui s'eſt paſſé,
Que répondre à préſent ?

DAVE *criant.*

Hai ! je ſuis trépaſſé !
Lâchez-moi !

PAMPHILE *le lâchant ; & le repouſſant loin de lui.*

Malheureux !

DAVE *ſe jettant à genoux.*

Oui, je dois reconnoître,

Qu'ici, j'ai tout bouleversé ! —
Sans en tirer de fruit, je trompe mon vieux Maître;
Je vous embarque, en insensé,
Dans ce maudit himen, ... qui ne devoit point être. —

Se relevant.

Mais, laissez-moi me reconnoître ...

PAMPHILE *l'interrompant; & le tirant par le bras avec violence.*

Dans quel abîme affreux ? ...

DAVE *l'interrompant.*

Je vous en tirerai,
Vous dis-je, ou bien je périrai !

PAMPHILE *impétueusement.*

Tu m'en retireras?... Eh ! que dire à mon pere ?...
J'ai promis d'obéir. Là, comment? ...

DAVE *balbutiant.*

Oui, j'espére ...

PAMPHILE *l'interrompant avec fureur.*

Moi ! que puis-je espérer des conseils d'un maraut?
Tes conseils m'ont conduit dans cette belle affaire;
Ne t'avois-je pas dit tantôt,
Qu'il valoit cent fois mieux se taire.

DAVE.

Vous me l'aviez dit.

PAMPHILE *toujours impétueusement.*

Mais, mais à présent que faire ?

DAVE.

Me pendre ! — Mais, avant cette exécution,

Accordez-moi, pour toute grâce
Quelques momens pour la réflexion!
Un peu de tems! — ſouvent en un très-court eſpace,
L'on trouve du reméde à ſon affliction.

SCENE VIII.

PAMPHILE, DAVE, CARIN.

CARIN *d'un air très-piqué.*

Eclairciſſez-moi ce myſtère,
Pamphile? — Croyez-vous m'avoir perſuadé
De la candeur de votre caractère,
Lorſque tantôt, dans un diſcours fardé,
Prônant votre morale... — elle n'eſt point auſtère,
Si l'on en doit juger par votre procédé.

PAMPHILE *vivement.*

Mon cher Carin, permettez qu'on vous diſe
Que c'eſt Dave,.. ce malheureux,..

CARIN *l'interrompant.*

Je comptois ſur l'air de franchiſe,
Qu'il paroiſſoit...

PAMPHILE *l'interrompant.*

C'eſt lui qui nous perd tous les deux,
Ses perfides conſeils...

CARIN *l'interrompant.*

Ses conſeils!.. L'on mépriſe
Ceux d'un Eſclave!..

PAMPHILE.

Eh mais ! . .

CARIN *l'interrompant.*

De ces gens dangereux,
Dont tous les conſeils ſont mépriſables comme eux.

PAMPHILE.

A l'entendre c'étoit pour nous rendre ſervice . . .

CARIN.

Service ! Eh mais comment ? — Laiſſez-là ce détour,
Avouez moi, ſans artifice,
Que c'eſt un vain triomphe ; ou peut-être un caprice,
Qui vous décide dans ce jour,
A m'enlever l'objet de mon amour !

PAMPHILE *d'un air d'impatience.*

Mais du moins, que de vous j'obtienne,
Deux minutes pour m'expliquer !

CARIN *continuant ſans l'écouter.*

Eh ! ne faut-il pas bien que l'inconſtance vienne ;
C'eſt le bon air ! — comment ne pas vous en piquer ?
Je vous croyois l'ame ,... comme la mienne.

PAMPHILE *impatiemment.*

Mais, laiſſez-moi le tems de répliquer !

CARIN *continuant , ſans l'entendre.*

Quoi ! vous quittez cette pauvre Andrienne ?

PAMPHILE *très-impatiemment.*

Eh ! non ! je ne la quitte pas !
Et mes intérêts ſont les vôtres.

C'eſt

C'eſt cet infâme là, qui fait notre embarras;
N'en accuſez donc pas les autres.

CARIN.

Comment? mais entendons-nous mieux.

PAMPHILE.

Volontiers; mais comment, ſi nous parlons tous deux,
Voulez-vous que je vous apprenne,
Qu'on ne me forçoit pas d'épouſer Philuméne;
Et que...

CARIN *l'interrompant encore.*

C'eſt donc alors pour traverſer mes feux;
Et pour vous faire un plaiſir de ma peine?..

PAMPHILE *l'interrompant avec colère.*

Point du tout!

CARIN *d'un ton de colère auſſi.*

Mais enfin, l'épouſez-vous, ou non?

PAMPHILE *impétueuſement.*

Non! cet himen me déſeſpére!
Non! c'eſt ce mal-adroit fripon,
Qui m'engage, qui me répond,
Que je ne riſque rien d'obéir à mon pere;...
Eh!... vous voyez ce qu'il opére!

CARIN *à Dave.*

Toi?

DAVE.

Juſqu'ici je me ſuis tû;
Oui, j'ai tout fait, je vous l'avoue;
Mais je ne ſuis point abattu
Par le ſort cruel qui me joue;
Et je prétends!

PAMPHILE *l'interrompant.*

Que feras-tu ?

DAVE *à Pamphile.*

Remettez en mes mains encor votre fortune.

PAMPHILE *d'un ton d'humeur.*

Je ferai marié quatre fois, au lieu d'une,
Si je t'en crois.

CARIN *à Dave.*

Dis-nous, fans perdre ici de tems...

DAVE *l'interrompant.*

Je ne vous dirai rien ; mais, vous ferez contens ;
Je veux avoir, tout feul, l'honneur de cette affaire.

PAMPHILE *très-vivement.*

Mais tous nos maux font preffans, font inftans ;
Si l'on n'y remédie ; &, pour peu qu'on différe...

DAVE *l'interrompant.*

Oh ! j'ai dans mon efprit déja manigancé
Un ftratagême... — Mais, pardon pour le paffé ?

Ils lui font figne qu'ils lui pardonnent.

Amniftie ? — Et laiffez-moi faire.

CARIN *à Pamphile.*

Je voudrois, avec nous, moi, qu'il fe concertât...

PAMPHILE *l'interrompant.*

Non ! — Mais, par les moyens qu'il veut mettre en ufage,
Je veux que le coquin s'engage
A nous remettre au même état,
Où nous étions.

DAVE *d'un air d'affurance.*

Allez ! j'en promets davantage !

Fin du troifieme Acte.

ACTE QUATRIEME.

SCENE PREMIERE.

MYSIS, DAVE.

MYSIS *sortant de la maison de Glycérie.*

Où sera-t-il ? ... Où le trouver ce soir ?
Appercevant Dave ; & lui parlant avec volubilité.
C'est toi, Dave ? Que fait ton Maître ?
Qu'il vienne, vîte ! on veut le voir.
Nous ne l'avons point vu paroître.
Il sçait l'inquiétude affreuse, où l'on doit être,
Et ne vient point. — Qu'y peut-on concevoir ?
Glycérie est au désespoir ;
Pamphile ...

DAVE *l'interrompant.*

Mon enfant, il n'est plus de Pamphile.

MYSIS.

Comment ?

DAVE.

C'est un traître, un ingrat !

MYSIS *très-vivement.*

Lui ?

DAVE.

C'est, te dis-je, un fourbe, un scélérat ! ...
Mais, pour son pere aussi, c'est un enfant docile.

MYSIS.

Eh ! quoi ! Dave, il épousera
Philuméne ?

DAVE.

Oui ! ce soir on le marie ;
C'est ce soir que l'on signera.

MYSIS.

Il y consent ?

DAVE.

Il céde à son pere, qui crie.

MYSIS.

Il abandonne Glycérie ?

DAVE.

Il l'abandonne.

MYSIS.

Elle en mourra !

DAVE.

Ah ! J'en suis presque mort !

MYSIS.

Cela n'est pas croyable !

DAVE.

Rien pourtant n'est plus véritable.

MYSIS *très-vivement.*

Eh ! les Dieux permettroient cette injustice là ?

DAVE.

Bon ! les Dieux ! ... Il n'est pas question de cela !

MYSIS *impétueusement.*

Epouser Philuméne ? ... Il n'est point de supplice

Aſſez cruel !... Mais, toi, dis-moi donc, qu'as-
tu fait ?

DAVE.

J'ai parlé, j'ai preſſé, ſuplié, ſans effet.

MYSIS.

Que répond-il !

DAVE.

Eh ! mais, d'abord, il faut qu'il puiſſe
Répondre.

MYSIS.

Comment donc ?

DAVE.

Eh ! Myſis, il ſe tait. —

Feignant de pleurer.

Mais, ſans que mon cœur en gémiſſe,
Je ne puis te conter ce fait : —
Pétrifié par le coup qui le tue,
C'eſt un vrai marbre, une ſtatue,
Que l'on ne peut faire mouvoir !
Ses grands yeux s'ouvrent, ſans rien voir ;
Il écoute, ſans rien entendre ;
Son ame, ſans idée, a peine à rien comprendre ;
Son eſprit, ſans reſſorts, ne peut rien concevoir ;
Et ſa langue ne peut rien rendre.

MYSIS *très-vivement.*

Ah ! déja, ſi j'en crois tes funeſtes rapports,
Cet état eſt l'effet cruel de ſes remords !
Dans ſon cœur il en ſent l'atteinte vangereſſe.—
Entrons tous deux chez ma Maîtreſſe,
Courons enſemble l'avertir...

DAVE *l'interrompant.*

Je n'en ferai rien, ou je meure!
Si quelqu'un dans votre demeure,
Me voyoit entrer, ou ſortir...

MYSIS *l'interrompant.*

Tu me parles bien dans la rue.

DAVE.

C'eſt une rencontre imprévue...

MYSIS *l'interrompant.*

Ne t'éloigne donc pas! je reviens. *Elle s'en va.*

DAVE.

Je t'attends.

SCENE II.

DAVE, CRITON.

CRITON *à part.*

GLYCÉRIE, en ces lieux n'eſt point du tout connue;
A la chercher, je perds mon tems.

DAVE *à l'autre aîle du Théâtre; & a part.*

C'eſt là quelque étranger! — Quel Diable! en ces inſtans
Sa préſence, ici m'embarraſſe;
Que veut-il? écoutons.

CRITON *à part.*

C'eſt bien ſur cette place
Tout vis-à-vis l'Obéliſque d'Agis,

Que cet Esclave, hier, que je mis sur sa trace,
M'assura qu'étoit le logis
De Glycérie, & de Chrysis.

DAVE *l'abordant.*

Noble étranger, voici sa maison & sa porte.
Glycérie y demeure encore avec Mysis,
Pour Chrysis; vous sçavez...

CRITON *l'interrompant.*

Oui, je sçais qu'elle est morte.
Vous la connoissiez donc?

DAVE.

J'étois son serviteur;
La respectois;... ainsi qu'un homme de ma sorte
Le doit. — Mais, excusez, Seigneur,
La curiosité me porte
A demander...

CRITON *l'interrompant.*

De tout mon cœur,
Je vous dirai ce qui m'amene
De l'isle d'Andros, dans Athène;...
Ce n'est point un secret.

DAVE.

La circonspection
Eut dû me retenir...

CRITON *l'interrompant.*

Oh! j'excuse sans peine,
Ce que vous pensez être une indiscrétion! —
Au contraire, l'ami; — dans cette occasion,
Ayant connu Chrysis, cette noble Andrienne
Vous aurez sçu des faits, qu'il est bon que j'apprenne;

Prêtez-moi donc attention !
Chryſis étoit ma couſine-germaine ;
Je viens prendre poſſeſſion,
Ici de ſa ſucceſſion. —
Car depuis long-tems Glycérie
Aura dû retrouver dans cette Ville-ci,
Et ſes parens, & ſa patrie,
Et tous ſes biens. — L'on doit être éclairci :
Et que Glycérie eſt d'ici,
Et qu'elle n'eſt point Andrienne,
Ni la ſœur de Chryſis.

DAVE *vivement.*

L'on n'en ſçait pas un mot ;
Ah ! nous voudrions bien qu'elle fût Citoïenne !

CRITON.

Oh ! je me ſuis embarqué comme un ſot,
Si ſa naiſſance ici n'eſt pas encor connue ! —

DAVE.

Pourquoi donc ?

CRITON.

C'eſt une bévue !
Il me faudroit ſoutenir un procès,
Dont je dois redouter l'iſſue,
Et Glycérie eſpérer le ſuccès.

DAVE.

Comment ?

CRITON.

Elle eſt & jeune & belle,
Tous vos Juges ſeroient pour elle ;
Près d'eux, un étranger trouvera-t-il accès ?

DAVE *vivement.*

Vous m'apprenez une chose nouvelle ;
Je puis...

CRITON *l'interrompant.*

Et si d'ailleurs, l'on n'a pu débrouiller
Les droits de sa naissance, & qu'on les lui conteste ;
Irois-je, moi, la dépouiller
Très-inhumainement, dans son état funeste,
Du peu de bien, qu'avoit Chrysis? — Oh! qu'il lui reste!

DAVE *d'un air affectueux.*

Ah! généreux Seigneur, dont j'ignore le nom...

CRITON *l'interrompant.*

Mon cher ami, je me nomme Criton.

DAVE *avec vivacité.*

Soit donc, Seigneur Criton! vous élevez mon ame
Par ce ton de noblesse; & par ces sentimens,
Dignes d'être admirés.

CRITON *l'interrompant.*

Trève de complimens!
Je vais...

DAVE *le retenant, quand il apperçoit Glycérie.*

Eh! la voilà qui sort, la pauvre femme.

SCENE III.

CRITON, DAVE, ARQUILLIS, MYSIS.

GLYCÉRIE *se soutenant sur les bras de ses deux femmes.*

Ciel! c'est Criton?

DAVE.

Elle vous tend les bras.

CRITON *l'embrassant.*

Quoi! c'est vous?

GLYCÉRIE.

Oui, Criton! c'est cette infortunée;
Par ses parens abandonnée;
Que le sort ne se lasse pas
D'accabler, depuis qu'elle est née! —
Je recevrois, comme un bien, le trépas;
Que ce jour-ci n'est-il ma derniere journée!

CRITON *très-vivement.*

Que votre état me touche! — hélas!

La serrant dans ses bras.

Ma chére enfant! — Je ne me borne pas
A plaindre votre destinée;
Je veux la rendre fortunée. —
Vers vous, le Ciel guide mes pas;
Quittez ces funestes climats!
Venez au sein de ma famille!
La mort, qui m'a ravi ma fille,
Veut me la rendre en vous!.. Je vous adopterai;
Venez!...

GLYCÉRIE *dans le plus grand trouble.*

Non, non !.. de malheurs pourſuivie,..
Dans le trouble.... les pleurs,..

CRITON *vivement.*

Quoi ?

GLYCÉRIE *toujours dans le trouble.*

Je vous répondrai,...
Mais,.. un ſoin, d'où dépend ma vie,..
M'obligeant de ſortir...

CRITON *très-ému.*

Eh bien ! je reviendrai.
Lui montrant ſa maiſon.

GLYCÉRIE *très-affectueuſement.*

Non ! entrez ! Dans l'inſtant, moi, je vous rejoindrai ;
Et je veux que mon cœur ſenſible,
Vous exprime, & ſurpaſſe encor, s'il eſt poſſible,
Les tendres ſentimens, qu'ici vous me montrez.

Arquillis fait entrer Criton dans la maiſon de Glycérie.

SCENE IV.

GLYCÉRIE, DAVE, MYSIS.

GLYCÉRIE *d'un air attendri, & abattu.*

Quoi! ſans retour, il m'abandonne!

DAVE *feignant d'être conſterné.*

J'en ſuis plus ſurpris que perſonne.

GLYCÉRIE *avec un peu d'emportement.*

Les voilà donc, ces ſermens ſi ſacrés? —

D'un ton doux & tendre.

Dave! c'eſt la mort, qu'il me donne.

DAVE *vivement.*

Il faut parler!... tant que vous gémirez..

D'un ton triſte, & tendre.

GLYCÉRIE *l'interrompant d'abord avec feu.*

Rompre des nœuds ſi révérés!.. —
Si révérés!.. Quittons une erreur qui m'eſt chére!
Oui! ces nœuds imprudents; nos liens ignorés,
Bleſſent trop le reſpect, qu'un fils doit à ſon pere;
Eh! que les Dieux, qui les ont tolérés,
N'en puniſſent que moi!

DAVE.

Tant qu'on ſe déſeſpére,
L'on ne penſe pas aux moyens...

GLYCÉRIE *l'interrompant.*

Je n'en vois point. — Parmi nos Citoïens,
Eſt-il un pere?.. eſt-il un Juge ſage,

Qui ne proſcrive un ſecret mariage,
Et, . . . pour moi, voudrois-tu que l'on ſe dépouillât
D'un ſi légitime avantage? —
Non, je me rends juſtice. — Il faut fuir un éclat!...
A des égards, ma tendreſſe l'engage;
Qu'à petit bruit, ſans tarder davantage,
L'on briſe nos liens! . . . Obéiſſons aux loix!
Ces loix, que j'ignorois! . . . mais, m'y voilà ſoumiſe!
Oui, Dave, je conſens . . .

DAVE *l'interrompant.*

Vous conſentez qu'on briſe
Vos liens? . . . Eh! non pas! ſoutenez mieux vos droits!
Dans un pur roman, avec grâce,
Ces grands ſentimens, quelquefois,
Donnent de l'intérêt; & ſont là, dans leur place;
Mais, ils ſont ici déplacés.

MYSIS *reprenant vivement.*

Oui! ces traits d'héroïſme, & faux, & peu ſenſés
Ne ſont que de vaines chiméres!

GLYCÉRIE *d'un air ferme.*

Non! puiſque le Ciel, aujourd'hui,
Me rend mes douleurs moins améres;
En me rendant Criton; . . non! je pars avec lui.

DAVE *très-vivement.*

Comment! ne pas montrer de colère plus vive?..
Ne faire aucune tentative,
Pour reclamer vos droits?.. & des droits ſi ſacrés,
Sur l'Epoux, qui vous aime, & que vous adorez!

GLYCÉRIE *d'un air d'abattement.*

Que puis-je ? . .

DAVE *l'interrompant.*

A mes conſeils, être un peu plus docile.

GLYCÉRIE.

Eh ! que tenter dans mon malheur ?

MYSIS.

Tout ! — Il faut ſauver votre honneur.

DAVE.

Oui ! tout doit ſe riſquer, pour conſerver Pamphile.

GLYCÉRIE *d'un air d'impatience.*

Vous irritez tous les deux ma douleur !
Eh ! que me reſte-t-il à faire ?

MYSIS *très-vivement.*

Eh ! tout, vous dis-je ! — En une telle affaire
Doit-on ſe tenir en repos,
Pleurer ; & ſouffrir, & ſe taire ? —
Auparavant que de revoir Andros,
Moi, je ſçaurai me ſatisfaire :
Du moins, pour ſoulager nos maux,
Je déſeſpérerai le pere, & le beau-pere,
La bru, le gendre, & la famille entiere ;
Et, ſans écouter la raiſon,
Si rien n'y fait, ſi rien n'opére,
Je mettrai, de ma main, le feu dans la maiſon.

GLYCÉRIE *d'un air faché, à Myſis.*

Ce badinage, & ces propos m'excédent
Dans l'état cruel où je ſuis.

DAVE.

Oui! mais à la raiſon, que vos ſentimens cédent!
Quoi! ne ferez-vous rien, pour finir vos ennuis?

GLYCÉRIE.

Fuir, pleurer, & cacher ma honte & ma miſére,
Eſt ce que je dois faire; & tout ce que je puis.

MYSIS *d'un air preſſant, & impatient.*

Mais du moins, écoutez un conſeil ſalutaire!

GLYCÉRIE *avec impatience.*

Eh! . . je vois ce conſeil!.. c'eſt d'aller à ce pere,
Que je n'attendrirai jamais,
Le prier, en pleurant . . . .

DAVE *reprenant très-vivement.*

Eh! non! c'eſt à Chrémès,
Qu'il faut aller! — Qu'il faut que votre cœur prévienne!
Excitez ſa compaſſion;
Déclarez-lui votre union;
Et que vous êtes Citoïenne! —
Proſternez-vous à ſes genoux!
Du ſaint nœud qui vous joint, faites-lui voir le gage!
Redemandez-lui votre Epoux;
De ſoupirs, & de pleurs, ornez votre langage. —
Chrémès eſt tendre, il eſt humain;
Vous lui ferez tomber les armes de la main. —
Cet himen, qui vous déſeſpére,
Il le rompra, plutôt aujourd'hui que demain;
Et s'offrira, lui-même, à vous ſervir de pere.

GLYCÉRIE.

Eh bien! Dave, allons! tes avis,

Exactement, feront fuivis!
Mais, fi par un deftin contraire,
Mes intérêts font mal fervis,
Dès demain, je m'impofe un exil volontaire.

DAVE.

Tout ira bien! mais dans ce lieu,
Il ne faut pas refter tous trois enfemble. Adieu!

SCENE V.

GLYCÉRIE, MYSIS.

MYSIS.

Ne tardons pas: — d'un ton ferme, & modefte,
Parlez à Chrémès promptement.

GLYCÉRIE.

Ah! laiffe-moi refpirer un moment!

MYSIS *vivement.*

Il faut, pour refpirer, avoir du tems de refte!

GLYCÉRIE *d'un air languiffant.*

Mais, un inftant; dans l'état où je fuis,
Crois que je fais bien plus, que je ne puis!

MYSIS.

Je le crois; mais je vous exhorte...

GLYCÉRIE *l'interrompant, & marchant d'un air affoibli.*

Donne-moi donc le bras...

MYSIS *le lui donnant.*

Allons ! je vous conduis ;
Appuyez-vous.

GLYCÉRIE.

L'on ouvre cette porte !
Ah ! je tremble d'en voir ſortir. . .

MYSIS *l'interrompant.*

Le pere de Pamphile ? — Eh ! qu'il entre, ou qu'il ſorte ;
Marchons toujours ! que nous importe ?

SCENE VI.

SIMON, DROMON, GLYCÉRIE, MYSIS.

SIMON *à Dromon.*

Oui, Dromon ! chez Chrémès ! — Vîte, allez l'avertir !

GLYCÉRIE *à part.*

Qu'entends-je ? hélas ! je ſuis à moitié morte.

SIMON *continuant.*

Nos amis, pour la fête, ici ſont raſſemblés ;
L'on n'attend que lui ſeul, & Philuméne ! — allez,
Volez, Dromon !

GLYCÉRIE.

Mes ſens ſont accablés !

Simon rentre ; & Dromon court faire ſa commiſſion.

SCENE VII.

GLYCÉRIE, MYSIS, CHRÉMES.

DAVE, *qui ne fait que passer.*

CHRÉMES arrive; allons! mettez-vous sous les armes!

MYSIS *à Glycérie.*

Du courage! préparons-nous!
De votre cœur, peignez-lui les allarmes!
Jettez-vous à ses pieds! baignez-les de vos larmes!

GLYCÉRIE *se jettant aux pieds de Chrémès.*

Permettez-moi, Seigneur, d'embrasser vos genoux!
Mon cœur...

CHRÉMES *l'interrompant.*

De grâce, levez-vous!

GLYCÉRIE.

Non, souffrez que je satisfasse...

CHRÉMES *l'interrompant, & la relevant.*

Ou levez-vous; ou je quitte la place. —
Qui cause donc votre douleur?

GLYCÉRIE.

Je tremble...

CHRÉMES *d'un ton affectueux.*

Parlez sans frayeur;
Rassurez-vous! — déja l'intérêt le plus tendre
A pour vous disposé mon cœur.
Parlez sans crainte!

GLYCÉRIE.

Hélas! Seigneur!
Hélas! que vais-je vous aprendre?
Pamphile, qui doit être aujourd'hui votre gendre,
Eſt mon Epoux....

CHRÉMES *l'interrompant avec ſurpriſe.*

Pamphile?

GLYCÉRIE.

Il a reçu ma foi.

CHRÉMES.

Juſte Ciel! que viens-je d'entendre?
Lui?

GLYCÉRIE *lui préſentant ſon contrat.*

Liſez ce contrat, cimenté par la loi!

vivement.

Oui! de cette union ſi chere,
J'eus pour témoins, les Dieux, Myſis, & moi.—
N'apéſantiſſez pas le poids de ma miſere!
Protégez-moi! ſoyez mon pere!
C'eſt en vos mains que je remets mon ſort!
C'eſt en vos mains que je confie
Mon repos, mon honneur, ma fortune & ma vie!
J'attends de vous mon bonheur, ou la mort!

CHRÉMES *dans un trouble très-tendre.*

Coupable, autant qu'infortunée,
Par quel art tenez-vous ma colère enchaînée?
Eh! quel ſecret & confus ſentiment,
Malgré moi, m'intéreſſe à votre deſtinée?—

D'un ton ferme, & ſévére.

Mais la raiſon m'arrache à cet aveuglement;
Je ne vois plus que votre égarement...

Il eſt interrompu par Dave, qui arrive.

SCENE VIII.

GLYCÉRIE, CHRÉMES, MYSIS, DAVE.

DAVE *d'un air insultant.*

Quoi! la Maîtresse & l'Esclave discrette?
Glycérie, & Mysis, avec Chrémès? — C'est vous? —
Tâchez de faire une honnête retraite! —
Vous sçavez l'himen que l'on traite;
Pamphile à Philuméne est promis pour Epoux.
Allons! ne vous faites pas dire
Qu'il faut,... que, sans semer le trouble parmi nous,
Et l'une & l'autre se retire!

MYSIS *avec fureur.*

Comment! Pendard...

DAVE *l'interrompant.*

Ces cris sont superflus;
Et vous aurez beau me maudire;
Rendez-nous ce contrat & qu'on n'en parle plus!

MYSIS.

Il extravague.

DAVE *à Chrémès.*

Un pareil mariage;
Et ces papiers, si vous les avez lus;
Tout cela n'est qu'un badinage!

GLYCÉRIE.

Qu'entends-je?

MYSIS.

Scélérat!

CHRÉMES *à part.*

Ciel! lorsque j'envisage,

L'affreux danger que je courois ! ...

GLYCE'RIE *à Myſis.*

Je t'ai prédit que j'en mourrois !

MYSIS *en fureur.*

Il faut que je le déviſage !

DAVE *à Chrémès.*

Seigneur Chrémès, je jurerois
Qu'elle vous aura dit qu'elle étoit Citoïenne.

GLYCE'RIE.

Oui ! traître, je le ſuis !...

DAVE *l'interrompant.*

Chanſons !
Pour peu qu'elle vous entretienne,
Elle vous en dira de toutes les façons !

CHRE'MES *repouſſant Dave.*

Je ne prends point de tes leçons :
Ce contrat-ci n'eſt point une chimére !

DAVE.

Ce contrat-là ? belle miſére !
En deux jours, on caſſe cela !
Et rien n'eſt plus facile à faire.

CHRE'MES *bruſquement.*

Oh ! mais, ce n'eſt point mon affaire !
C'eſt à ſon pere, à prendre ce ſoin-là.

DAVE *à Chrémès.*

Oh ! je vous entends, m'y voilà !
Vous n'imaginez pas, Seigneur, qu'on y parvienne ;
Vous la croyez bien Citoïenne ?

CHREMES *très-vivement.*

Qu'elle le ſoit, ou non, d'avance je promets
Que Pamphile n'aura de ſes jours, Philuméne.

DAVE.

Mais, vous n'y ſongez pas.

CHREMES *avec colère.*

Il ne l'aura jamais!

DAVE.

Mais penſez où cela vous mene!
Après avoir promis . . . comment! Seigneur Chrémès,
Loin que votre parole tienne,
Vous voudriez? . . .

CHRE'MES *l'interrompant avec fureur.*

Je veux ce qui me plaît.

DAVE.

Mais, vous ne ſçavez pas la choſe comme elle eſt.

CHRE'MES.

Soit!

DAVE.

Du moins . . .

CHRE'MES *l'interrompant; & le bruſquant.*

Non! je me retire;
Laiſſe-moi! *Il ſort.*

DAVE *le ſuivant.*

Pour votre intérêt,
Je vous ſuivrai pour vous la dire. *Il ſort.*

SCENE IX.

GLYCERIE, MYSIS.

MYSIS *avec colère.*

DAVE est un grand coquin!

GLYCE'RIE *à Mysis.*

Au comble des malheurs,
Par degrés, je suis parvenue! —
A mes parens, à moi-même inconnue,
L'époux, que j'adorois, porte sa main ailleurs! —
Le mépris, mes remords, ma honte, . . . je me meurs
Lorsque, sur moi, j'ose arrêter ma vue! —
Et, pour joindre l'opprobre à mes vives douleurs,
Un Esclave, sans retenue,
Un vil Esclave, ici, me fait verser des pleurs!

SCENE X.

GLYCE'RIE, MYSIS, PAMPHILE, DAVE.

Les deux femmes sont près des lampes, au milieu du Théâtre; & marchent pour retourner chez elles.

PAMPHILE *sortant de chez son pere.*

FUYONS la maison paternelle!

DAVE *du côté opposé à Pamphile.*

Ah! nous avons le tems de respirer!

PAMPHILE *appercevant Glycérie, à qui il veut prendre la main; & qui le repousse avec colère.*

Quoi! c'est Glycérie? Oui! c'est elle!

GLYCE'RIE *d'un ton noble, & avec colère.*

Quelle audace peut t'inſpirer
De me parler ? . . ou même de paroitre ?

PAMPHILE *avec tranſport.*

A vos pieds je vais expirer,
Si vous ne m'écoutez. *Ils s'éloignent; & ſe parlent bas, avec action.*

MYSIS *appercevant Dave, qui la ſalue en riant.*

Ah! te voilà donc, traître ?

Le ſaiſiſſant au collet; & le ſecouant.

Oh! je t'étranglerai!

DAVE *criant.*

Cela pourroit bien être;

Elle le lâche.

Laiſſez donc! — Moi, qui ſuis votre libérateur ?

PAMPHILE *ramenant Glycérie, & lui baiſant la main.*

Avez-vous pû, ma chére Glycérie,
Douter un moment de mon cœur?
Mais ſçachons donc par quelle fourberie...

MYSIS *voulant encore prendre au collet Dave, qui lui retient les mains.*

Oh! je veux t'aſſommer, toi, qui nous injurie!...

DAVE *l'interrompant, & l'arrêtant.*

Tout beau, ma petite furie!
Non! vous m'aſſommerez demain. —
Ecoutez d'un air plus humain:

S'adreſſant à Pamphile, & à Glycérie.

Pour vous ſervir, tous deux, j'ai fait une impoſture;

J'ai fini par les insulter,
Après leur avoir dit que vous étiez parjure;
Ma fourbe, sans cela, ne pouvoit subsister.

MYSIS *souriant.*

Maraut! tu nous as fait une frayeur mortelle,
Avec ta feinte trahison!

DAVE.

La chose en a paru beaucoup plus naturelle.

PAMPHILE & GLYCE'RIE *ensemble.*

Ah! Dave!

DAVE.

Les discours ne sont point de saison!
Ne perdons pas de tems! – J'ai là, dans ma cervelle,
Un projet, qui m'y roule,... une ruse nouvelle...

PAMPHILE *l'interrompant.*

Eh bien! dis donc!

GLYCE'RIE.

Parle!

MYSIS.

Rends-nous raison!

DAVE.

Glycérie y pourra beaucoup; entrons chez elle;
Et nous débrouillerons cela dans sa maison.

Fin du quatrieme Acte.

ACTE CINQUIEME.

SCENE PREMIERE.

SIMON, CHRÉMES.

CHRÉMES.

NON ! souffrez que je vous résiste !
C'est, avec peine, ...

SIMON *l'interrompant.*

Et moi, permettez que j'insiste;
Que je sois encore plus pressant ! —
A cet himen, si votre cœur consent,
Vous rendez un fils à son pere;
Vous vous donnez un fils obéissant.
Vous rompez le charme puissant,
Qui l'attache à cette étrangere. —
Vous verrez, en les unissant,
Notre amitié s'accroître, & nous être plus chére;
Cet himen est encor un nœud, qui la reserre;
C'est le dernier nœud, qu'il lui faut. —
Qu'à la vertu, cette faveur l'anime !
Rétablissez-le dans l'estime
Du Public prévenu, qui l'a jugé trop tôt;
Je vous remets son honneur en dépôt.
Enfin, tirez-le de l'abîme,
Dans lequel, ...

CHRÉMES *d'un ton affectueux, d'abord; très-ferme ensuite.*

Eh ! ma fille en seroit la victime !.. —

A ces raiſons, à ce dernier aſſaut
Je ne répete point ce que j'ai dit tantôt;
Souvenez-vous en, je vous prie! —
très-vivement.
Au reſte, ce n'eſt plus ſimple galanterie:
Votre fils, qu'on voit tout oſer;
Et, dont l'audace eſt aguerrie,
De ſa main, de lui-même, a trop ſçû diſpoſer! —
Pour époux, à ma fille, irai-je propoſer
L'époux même de Glycérie?

SIMON *avec emportement.*

Sans mon conſentement, il n'a pu épouſer!
Ce mariage eſt une mommerie. —
D'ailleurs, on veut nous abuſer.
Ces gens ont inventé cette fourbe, & bien d'autres,
Pour rompre mes deſſeins, & s'opoſer aux vôtres.

CHRÉMES.

Mais, j'ai vu le contrat.

SIMON *avec colère.*

Bon! c'eſt un contrat faux!
Du moins, s'il eſt réel, ne penſez pas qu'il tienne!
Une forme illégale, & telle qu'eſt la ſienne,
Doit le faire caſſer, dans tous les Tribunaux.

CHRÉMES.

Mais, elle ſe dit Citoïenne,

SIMON *toujours avec emportement.*

Eh! non, ce ſont des contes bleus!
Ne doutez pas que je n'obtienne
La caſſation, pure & pleine,

D'un himen auſſi ſcandaleux !

CHRÉMES *vivement.*

Quand vous obtiendriez Juſtice,
Imagineriez-vous que je vous ſatisfiſſe ?
Dois-je, pour conſerver notre ancienne amitié,
Pour ma fille, être ſans pitié ?
Et par cette union, aſſurer ſon ſupplice ? —

D'un air tendre & affectueux.

Ma vie eſt à votre ſervice ;
Le ſacrifice m'en eſt doux ;
Je voudrois la perdre pour vous.
Ordonnez-en, au gré de votre envie ! —

D'un ton ferme & vigoureux.

Je puis diſpoſer de ma vie ;
Mais, je ne puis jamais diſpoſer du bonheur,
D'une fille qui m'eſt ſi chére ;
Et confier ſes biens, ſes jours, & ſon honneur,
Aux caprices fougueux d'une tete légére. —
Non ! je viens de me rendre à la juſte priere
De Carin ! — Et c'eſt lui, qui ſera ſon époux.

SIMON *avec fureur.*

Vous me déſeſpérez !... Mais mon juſte courroux
Va tomber ſur cette Andrienne !

CHRÉMES *aſſez vivement.*

Andrienne ? nous dites vous ? —
Mais ſuppoſez qu'elle ſoit Citoïenne
Sa vertu, que vous connoiſſez ;
Ses graces, ſa beauté, que je viens de connoître ;
Votre fils, que vous chériſſez ;
Et dont tout le bonheur dépend d'elle, peut-être
Peuvent vous inſpirer des ſentimens plus doux !

Du ton de l'attendrissement.

Je ne vous cache point, qu'en la voyant paroître,
Involontairement, j'ai d'abord senti naître
Le plus tendre intérêt... mais quelqu'un vient à nous...

SCENE II.

SIMON, CHRÉMES, DAVE.

SIMON.

C'EST Dave !

DAVE *à la porte de Glycérie.*

Allez ! soyez tranquilles tous !
Ceci calmera sa furie.

SIMON *à Chrémès avec colère.*

Dave sort de chez Glycérie !
Restez.

CHRÉMES *d'un air affectueux.*

Très volontiers, & je vois bien pourquoi.

DAVE, *qui a parlé bas à quelqu'un que l'on voit sortir à moitié de la porte de Glycérie, continue en le faisant rentrer.*

Et bénissez les Dieux, cet étranger, & moi !

SIMON *à Chrémès.*

Un étranger ?... Ecoutons, je vous prie !

DAVE *avançant ; & à parté.*

Jamais homme ne vint plus à propos, je croi !

SIMON *à Chrémès.*

Quel homme, donc, vante-t'il, & pourquoi ?

CHRÉMES *à Simon.*

Demandez-lui !

SIMON.

C'eſt quelque ſtratagême !

DAVE *à part, & les appercevant.*

C'eſt mon vieux Maître; le voici !
Il m'aura vu ſortir d'ici ;
Je ſuis dans une peine extrême !

SIMON *à Dave.*

C'eſt donc vous, l'honnête homme ?

DAVE *d'un air d'embarras.*

Oui, Seigneur, c'eſt moi-même !
C'eſt vous ; & c'eſt Chrémès auſſi !
Et... nous nous portons bien, tous les trois, Dieu merci !

SIMON *d'un air ſévére.*

Que fais-tu là ?

DAVE.

Je me promene ;...
J'attends ;... & je veux voir venir,...
Voir paſſer ici Philuméne ;...
Chrémès l'attend ; auſſi ne va-t-on pas finir ?

SIMON *avec une colère retenue.*

Nous finirons, ne t'en mets pas en peine ;
Dis-moi d'abord :... toi, par quelle raiſon,
Tu ſors, toi, de cette maiſon ?

DAVE.

Moi?

SIMON.

Toi!

DAVE.

Moi?

SIMON.

Toi! toi! toi! ne pourrai-je l'apprendre?

DAVE.

Je n'y fais que d'entrer.

SIMON.

Eh! mais, le tems, je croi,
N'y fait rien!

DAVE.

Non!

SIMON *d'un ton très-vif.*

Je veux sçavoir de toi;
De ta bouche je veux entendre,
Comment, par quel motif, pourquoi,
Tu viens de ce logis? sans tarder, dis-le moi!

DAVE *très-troublé.*

Pourquoi?... moi-même, ici,... j'ai peine à le comprendre.

SIMON.

Eh bien?

DAVE *déconcerté.*

Nous étions las,... & fatigués d'attendre....

SIMON.

Qui donc?

DAVE.

Pamphile & moi.

SIMON.

Comment ! mon fils eſt là ?
Là ?... chez Glycérie ?... (ah ! je tremble !)
Tu les diſois brouillés enſemble ?

DAVE.

Et je le dis encore.

SIMON *avec colère.*

Arrange donc cela !
Ils ſont brouillés ; & le voilà
Chez elle ! eh bien ! dis-donc ! parle donc ! que t'en ſemble ?
C'eſt pour la quereller, ſans doute, qu'il y va ?

DAVE.

Il y va, pour y voir un homme, que l'on priſe ;
Vous ne ſçavez pas tout ! — le Ciel nous favoriſe...

SIMON *à Chrémès.*

Que va nous dire ce pendard ?

CHRÉMÈS.

Ecoutez.

SIMON.

C'eſt encore un tour, dont il s'aviſe !

DAVE *avec vivacité.*

Oh ! ce coup heureux du hazard
Vous cauſera quelque ſurpriſe !

SIMON *avec impatience.*

Soit, je ſerai ſurpris ; mais . . .

CHRE'MES *l'interrompant.*

Mais, ſouffrez qu'il diſe...

DAVE.

DAVE *très-vivement & interrompant.*

Oui ! de grâce écoutez, ſans plus longue remiſe !
Il vient d'arriver un vieillard
Dont la taille, le port, l'eſprit & la franchiſe ;
L'air noble, ſans fierté ; l'éloquence ſans art,
Nous ont fait admirer...

SIMON *avec la plus vive impatience.*

Eh ! mais, maudit bavard,
Finis donc ! — ce vieillard que tout le monde admire,
Que fait-il ?

DAVE.

Rien. — Il dit ce que je vais vous dire.

SIMON *toujours très-impatiemment.*

Eh ! dis-le donc !

DAVE.

Il jure, par les Dieux...

SIMON *très-impatiemment.*

Laiſſe-le jurer, traître, & finis mon martire !
Abrége un récit ennuyeux !

DAVE.

Hé bien donc, ce vieillard prend à témoin les Cieux,
Que, dans Athènes, Glycérie
Doit trouver ſes parens, ſon pere, & ſa patrie ;
Et qu'elle eſt Citoïenne.

SIMON *en fureur.*

Bon !
Dromon ! Dromon !.. ce trait d'effronterie
Va te faire traiter... Dromon ! hola ! Dromon !

DAVE *en ſuppliant.*

Seigneur Chrémès ! ... Seigneur Simon !...

SIMON.

Je n'écouterai rien !... coquin, tu vas connoître...
Dromon ! ... qu'on appelle Dromon !

SCENE III.

CHRE'MES, SIMON, DAVE, DROMON.

DROMON.

Que vous plaît-il, notre cher Maître ?

DAVE *à genoux.*

De grâce !

SIMON.

Enleve-moi ce traître !

DROMON.

Qui donc ?

SIMON.

Dave ! ce ſcélérat !

DAVE *pleurant.*

Il ſeroit juſte, avant que l'on me déchirât. . . .

On l'enleve.

SIMON *l'interrompant.*

Non, non ! tu le feras, dernier des miſérables !
Qu'on le corrige, comme il faut !

DAVE *ſur les épaules de Dromon.*

Mais ſi ces faits ſont véritables...

SIMON *l'interrompant.*

Ah ! véritables ? courez tôt !

DAVE *criant pendant qu'on l'emporte.*

Pardon ! pardon ! pardon !

SIMON.

Point de pardon, maraut !
Il faut te punir de tes fables.

SCENE IV.

SIMON, CHREMES.

SIMON *très-impétueusement.*

QUANT à mon fils, s'il n'obéissoit pas,
Si l'insolent bravoit l'autorité d'un pere...

CHRÉMES *l'interrompant ; & affectueusement.*

Il obéira, je l'espére !
Le Public, son respect, votre juste colère,
Sa tendresse pour vous, après quelques combats,
Aux bords du précipice, arrêteront ses pas !
Il n'osera vous résister en face.

SIMON *très-impétueusement.*

Il a poussé plus loin sa criminelle audace.
Sans mon consentement disposer de son sort.
De plus, que voulez-vous qu'il fasse ?—

D'un ton très-attendri ; & presqu'en pleurant.

Ah ! mon ami ! s'il brave aussi l'effort
De l'amour paternel, des pleurs, de la menace,
Sa résistance est le coup de ma mort !
Hola ! Pamphile, hola !

SCENE V.

SIMON, CHRÉMES, SOSIE, PAMPHILE.

PAMPHILE *sortant de chez Glycérie.*

Qui m'appelle ſi fort!...
Mon pere?... Je me meurs.

SIMON *avec emportement.*

Oui! c'eſt moi même, lâche!
Oui, c'eſt moi, qui trompé par tes ſoumiſſions,
Ta feinte obéiſſance, & des illuſions,
Impoſteur!...

CHRÉMES *à Simon.*

Arrêtez! — ces mots durs que l'on lâche
Dans le trouble des paſſions,
Souvent ont fait obſtacle à des réunions;
Il eſt des traits, qu'il faut que nous adouciſſions!

SIMON *très-impétueuſement.*

La vérité me les arrache!
Comment! dans ces occaſions,
Exigez-vous que l'on s'attache
Au choix de ſes expreſſions?

CHRÉMES.

Non! mais contenez-vous!.. Que vos réflexions...

SIMON *l'interrompant; & avec une colère en dedans.*

Puiſqu'on veut que je me contienne,
Parle! toi, qui m'as dit, toujours la vérité!
Toi! l'ennemi de la duplicité!

Parle ! répond ! ton Andrienne
Eſt donc à préſent Citoïenne ?

PAMPHILE *baiſſant les yeux.*

On le dit.

SIMON *avec le dernier emportement.*

On le dit ? . . . fils cruel ! on le dit ! —
Sa paſſion l'aveugle ! il croit cet artifice ;
Ou, feignant de le croire, il lui donne crédit !
On le dit ! . . .

CHRÉMES *le ſerrant affectueuſement.*

Calmez-vous !

SIMON *en fureur.*

Voyez s'il contredit.
Lui-même, l'inſenſé creuſe ſon précipice ! —
Sa vue augmente mon ſupplice !
Entendez-vous de ſa bouche ſortir
Un mot, qui faſſe preſſentir
Ses regrets, ſes remords d'un pareil mariage ?
Eh ! voyez-vous ſur ſon viſage
Quelques ſignes de repentir ?

PAMPHILE *d'un air d'abattement.*

Que je ſuis malheureux !

SIMON.

Depuis long-tems vous l'êtes !
Vous le fûtes depuis le jour,
Qu'écoutant de mauvaiſes têtes,
Qu'enivré d'un honteux amour,
Vous vous livrâtes ſans retour,
Aux conſeils, ſans pudeur, d'un eſclave perfide !
Depuis le tems que Dave en vous ſervant de guide,

Du vice vous fraya les ſentiers dangereux... —
C'eſt,... lorſqu'on eſt plongé dans un déſordre affreux,...
La perte de nos mœurs, qui nous rend malheureux !

PAMPHILE *s'approchant de Simon, qui recule.*

Mon pere!...

SIMON *l'interrompant avec fureur.*

Votre pere?.. Oſez-vous bien, Pamphile,
M'appeller encore de ce nom?
Vous vous paſſez de pere; il vous eſt inutile!
Vous vous êtes choiſi vous-même une maiſon;
Pris une femme; un autre aſile! —
Qui, toi, mon fils?... après ta trahiſon?
Te reſte-t-il aſſez peu de raiſon,
Pour proférer encor ce nom ſacré de pere?
Toi! qui, ſur mes vieux jours répands un noir poiſon!
Toi! qui m'ôtes l'honneur & braves ma colère?

PAMPHILE *preſqu'en pleurant.*

Hélas! de grâce!

CHRE'MES *bas à Simon.*

Ecoutez-le!... il s'émeut!

SIMON *continuant avec la même violence.*

Non, non, qu'il aille vivre avec ſon étrangere!
J'oublirai que je ſuis ſon pere;
Il faut abandonner un fils, quand il le veut!

CHRE'MES *à Simon.*

Mais, entendez-le au moins!

SIMON *toujours vivement.*

Oh! qu'il parle! il le peut.

PAMPHILE *du ton le plus touchant.*

Ah! mon pere! daignez m'entendre!
Je vous aimai toujours, de l'amour le plus tendre!
Quittez ce langage ennemi;
Dans le respect mon cœur est affermi;
Mais à tel point, pour vous, ma tendresse m'est chére,
Que si vous n'étiez pas mon pere,
Je vous aurois choisi pour mon intime ami! —

SIMON *d'un ton ému, & attendri.*

C'est,... par les faits, qu'il faut,... qu'on me le prouve!

PAMPHILE *pressant son pere entre ses bras.*

Eh! ce retour de tendres sentimens
Je suis sûr, qu'en vous, je les trouve! —
Ecoutez-moi dans ces tristes momens!
Je romprai les engagemens,
Que votre rigueur désapprouve;
Je violerai mes sermens;
Je me soumets à mes tourmens;
Ordonnez de mon sort! vous en êtes le maître. —
Mais, avant d'obéir à vos commandemens,
Puis-je vous demander une grâce?

SIMON *d'un air attendri.*

Peut-être?...
Eh! quelle est-elle?

PAMPHILE.

Ici, faites paroître
Ce vieillard,...

SIMON *l'interrompant avec colère.*

Ce témoin aposté contre moi?

Qui ? cet homme vendu, ...

CHRE'MES *l'interrompant.*

Pourquoi
Refusez-vous de reconnoître
Si ce vieillard est de mauvaise foi ? —
Au contraire, voyez quel homme ce peut être !
S'il en impose, on peut aisément le connoître ;
Et supposé qu'ici, sur le champ, devant nous,
L'on réussisse à démasquer ce traître,
Quel avantage alors, pour Pamphile & pour vous ?

SIMON.

Qu'il vienne !

Sosie va chez Glycérie chercher Criton ; & Chrémès & Simon parlent tout bas avec action.

PAMPHILE *à part ; & avec transport.*

C'en est fait ! si le Ciel en courroux,
N'éclaircit point son sort, & qu'on nous démarie,
J'irai me poignarder aux pieds de Glycérie.

SCENE VI.

SIMON, PAMPHILE, CHRE'MES, CRITON.

CRITON *parlant à Mysis, qui est à moitié dehors de la porte de Glycérie.*

VA ! je dirai la vérité !
Mon enfant ! je ne crains personne.

CHRE'MES *courant l'embrasser.*

Eh ! c'est Criton d'Andros... ma sensibilité...

Votre préſence ici m'étonne !
Me ravit . . .

CRITON *l'interrompant ; & l'embraſſant encore.*

Le plaiſir que la vôtre me donne . . .

CHRE'MES.

Dans Athènes, qui vous conduit ?

CRITON.

Dans peu, vous en ſerez inſtruit. —
Mais ne vois-je pas là le pere de Pamphile ?

SIMON *avec une colère retenue.*

C'eſt moi ! — Vous, . . ſeriez-vous l'auteur de ce faux-bruit,
Que l'on ſeme ici par la Ville ?

CRITON *d'un air piqué.*

Quel faux bruit ? — ſi ce bruit, qui vous émeut la bile,
Et mêle à vos propos, un peu de dureté,
Se trouvoit une vérité,
Ne feriez-vous pas, je vous prie,
Fâché de m'avoir inſulté ?

SIMON *de l'air du mépris.*

Eh ! vous nous dites donc ? . . .

CRITON *d'un ton ferme.*

Je dis que Glycérie
Eſt Citoïenne.

PAMPHILE *à part.*

Bon !

SIMON *très-bruſquement.*

C'eſt un conte inventé.

CRITON.

Non ! c'eſt un fait très-sûr ! Athène eſt ſa patrie.

PAMPHILE *à part.*

Fort bien !

SIMON *durement.*

C'eſt une fauſſeté !

CRITON *à Chrémès, très-vivement.*

Quelles expreſſions ! — Faites qu'il les ménage !

PAMPHILE *à part.*

Criton, aura-t-il le courage ? ...

CHRE'MES *à Simon.*

Mais un moment !

SIMON *avec une ironie amere.*

Eh ! quel préſent fait-on
A l'étranger, à l'illuſtre Criton,
Pour faire réuſſir ce honteux mariage ?

CRITON *à Chrémès, d'un ton de colère.*

Oh ! pour le coup, c'en eſt trop, il m'outrage !

CHRÉMES *à Simon, très-vivement.*

Je me brouille avec vous; ou bien changez de ton !

PAMPHILE *à part.*

Il n'y pourra tenir !

CHRÉMES *avec véhémence.*

Quel odieux langage !
Criton eſt plein d'honneur, véridique, homme ſage ;
Il fut toujours de mes amis ;
Tâchez de l'écouter ! vous nous l'avez promis ! —

Parlant à Criton.

Vous Criton, excuſez la paſſion trop forte
D'un pere malheureux, que ſa douleur tranſporte!
Et dites-nous en peu de mots,...

CRITON.

Volontiers!

PAMPHILE *à part.*

Ah! j'eſpére!...

CRITON *continuant.*

Aſſez proche d'Andros;
Un vieux Athènien, tourmenté par l'orage,...

SIMON *l'interrompant.*

Ah! je vois déja ſur les flots,
Ce vieux Athénien, qu'on ſauve du naufrage;
C'eſt le commencement, & la premiere page
De vingt Romans que nous ſçavons!

CRITON *d'un ton de colère.*

Je ne dirai plus mot.

CHRÉMES *à Criton.*

De grâce! pourſuivons!

CRITON.

Cet Athènien donc, une très-jeune fille,
Echapés des eaux tous les deux,
Sont recueillis au ſein de la famille
Du pere de Chryſis, dont les ſoins généreux,
Leur prêtent les ſecours, qu'on doit aux malheureux.
A l'enfant, ils donnoient le nom de Glycérie; —
Comme ſa ſœur, Chryſis l'éleva ſous ſes yeux;
L'Athénien mourut...

CHRÉMES *l'interrompant avec émotion.*
Son nom?
CRITON *hésitant.*
Son nom? Phar...?
PAMPHILE & CRITON *ensemble.*
Pharrie!
Pharrie!
CHRÉMES *encore plus ému.*
O Ciel! Pharrie! & dans ces mêmes lieux!...
Se disoit-il pere de Glycérie?
CRITON.
Il se disoit son oncle.
CHRÉMES *transporté.*
Ah! c'est ma fille! ô Dieux!
C'est elle! c'est ma fille!
PAMPHILE *impétueusement.*
Oh! oui! je le parie!
Oui! c'est elle, très-sûrement!
SIMON *vivement.*
C'est votre fille? Eh mais comment?..
CHRÉMES *avec la derniere vivacité.*
Oui! c'est ma fille! hélas! c'est Aspasie,
Que m'amenoit mon frere à l'établissement,
Que j'avois pour lors en Asie,
PAMPHILE *serrant Chrémès entre ses bras.*
Je meurs de joie!
CHRÉMES *continuant.*
Et depuis ce moment,
De leur funeste embarquement,
Voici la premiere nouvelle,
Que l'on me donne, & de mon frere & d'elle!
Je suis dans un ravissement!...

SIMON *l'embrassant.*

Eh! le mien ne peut se comprendre!

CHRÉMES *avec volubilité.*

Je vous donne une bru; vous me devez un gendre!
Je cours la voir, sans plus attendre.

Chrémès entre chez Glycérie, avec Criton qui l'y suit.

SCENE VII.

PAMPHILE, SIMON.

PAMPHILE *avec vivacité voulant suivre Chrémès.*

JE dois l'accompagner...

SIMON *avec la derniere tendresse; & l'arrêtant.*

Mon fils! arrête-toi!

PAMPHILE *voulant se jetter aux pieds de son pere, qui l'en empêche.*

Ah! mon pere! à vos pieds...

SIMON *l'interrompant; & lui ouvrant les bras.*

Non! non, embrasse-moi! —
J'ai cru mon fils perdu, Ciel! & je le retrouve! —

Le serrant dans ses bras.

Tu ne conçois pas le plaisir,
Qu'en ces instans, un pere éprouve! —
A présent, que j'ai le loisir;
Pensons à Dave!

PAMPHILE.

A Dave?

SIMON.

Oui! je l'ai fait saisir;
Et je crois, qu'il m'attend avec impatience,
Pour voir finir son déplaisir.

Il rentre chez lui.

SCENE VIII.

PAMPHILE, CARIN.

PAMPHILE.

ET nous, chez Glycérie...

CARIN *l'embrassant, & l'interrompant.*

Ah ! ma reconnoissance !...
O le meilleur de mes amis !...

PAMPHILE *l'interrompant.*

A cette joie, au ton, à l'air de confiance,
Je vois que Philuméne...

CARIN *très-vivement.*

Oui ! l'on m'a tout promis.
Vous devinez ce qui se passe.

SCENE IX & dern.

PAMPHILE, CARIN, DAVE.

PAMPHILE.

MAIS c'est Dave !

DAVE *tout déshabillé, & se plaignant.*

Voyez l'état, où l'on m'a mis !

PAMPHILE *vivement.*

Dave, je t'affranchis !

DAVE *en pleurant.*

Seigneur, je vous rends grâce !

PAMPHILE.

Eh ! Dave, sçais-tu mon bonheur ?

DAVE *de l'air de la douleur.*

Eh ! ſçavez-vous mon infortune ?

PAMPHILE *vivement.*

Après mille dangers, j'en viens à mon honneur.

DAVE.

L'on m'a battu mille fois, au lieu d'une.

PAMPHILE.

L'avanture eſt unique.

DAVE.

Et la mienne eſt commune ;
Mais j'en reſſens des maux très-grands.

PAMPHILE.

Ma Glycérie a trouvé ſes parens.

DAVE *tranſporté de joie, & ſautant.*

Bon ! en votre faveur ce miracle s'opére !
Je ne ſens plus mes maux ; je veux vous embraſſer !
Et vous auſſi. *Il embraſſe Pamphile & Carin, à diverſes repriſes.*

PAMPHILE.

Rentrons ! *Dave les embraſſant encore.*

CARIN.

Qu'il eſt fou ! mais, modére ...

DAVE *continuant ſes folies.*

Oh ! non, je veux recommencer !
Je ne me ſouviens plus, en un jour ſi proſpére,
De ce quart-d'heure, un peu difficile à paſſer.

FIN.

APPROBATION.

J'AI lû par Ordre de Monsieur le Lieutenant-Général de Police, l'*Andrienne*, Comédie, & je crois qu'on en peut permettre la représentation & l'impression, à Paris, ce 3 Février 1769. *MARIN.*

Extrait du Privilége.

LOUIS par la grace de Dieu, &c. A nos amés & feaux Conseillers, &c. Salut : Notre amé le sieur COLLE' nous a fait exposer qu'il desireroit faire imprimer & donner au Public, *la Partie de Chasse de Henri IV, Comédie ; le Jaloux Honteux de l'être ; la Mere Coquette ; l'Andrienne, Piéces refondues & corrigées.* S'il nous plaisoit lui accorder nos Lettres de Privilége pour ce nécessaires. A ces causes, voulant favorablement traiter l'exposant, nous lui avons permis, & permettons par ces présentes, de faire imprimer lesdits Ouvrages autant de fois que bon lui semblera, & de les vendre, faire vendre & débiter par tout notre Royaume pendant le tems de six années consécutives, à compter du jour de la date des présentes. Faisons défenses à tous Libraires & Imprimeurs, & autres personnes de quelque qualité qu'elles soient, d'imprimer, vendre ni contrefaire lesdits Ouvrages, à peine de confiscation des exemplaires contrefaits, & de trois mille livres d'amende contre chacun des contrevenans, à la charge que ces présentes seront enregistrées, &c. Qu'il en sera remis ensuite deux exemplaires dans notre Bibliothéque du Louvre, &c. Du contenu desquelles vous mandons, &c. Donné à Paris, le dix-septieme jour du mois de Novembre 1768, & de notre regne le cinquante-quatrieme. Par le Roi en son Conseil. LEBEGUE.

Registré sur le Registre XVII, de la Chambre Royale des Libraires & Imprimeurs de Paris, N°. 354, fol. 561, conformément au Réglement de 1723, qui fait défenses à toutes personnes, autres que les Libraires, de vendre, &c. A Paris, ce 26 Novembre 1768. BRIASSON, Syndic.

ERRATA.

Page 65, après ce vers :

Eh ! vous voyez ce qu'il opére !

Lisez : CARIN *à Dave.*

Dave, as-tu fait cela ?

DAVE.

Je l'ai fait. — Je l'avoue. —

Mais je ne suis point abattu, &c.

Et retranchez le Vers : CARIN.

Toi ? DAVE.

Jusqu'ici je me suis tû.

www.ingramcontent.com/pod-product-compliance
Lightning Source LLC
LaVergne TN
LVHW020338230826
846091LV00003B/923

* 9 7 8 2 3 2 9 0 6 3 4 1 6 *